警視庁SP特捜

嵐山 駿

角川文庫
23663

1

天下晴れての正月休みだ。口を結んで首を横に振ることもできた。

にもかかわらず、湊一馬《みなとかずま》は警察バッジを携えて都心の独身寮を飛び出た。

空は青く澄み渡っている。バイク乗りにとっては願ってもない好天。湊の胸にも青空が広がる。だが現実の空とは違って胸の青には少しばかりの曇りがある。その翳《かげ》りを湊は切り捨てることができなかった。

1月2日。愛車のホンダCB1300を駆り、湊は箱根《はこね》・芦《あし》ノ湖《こ》にやってきた。

銀のレーシングジャンパーから黒のロングダウンコートに着替え、湊は辺りの風景を見回した。ときおり風が流れてくるものの、薄いブルーの空には鳥さえ飛んでおらず、空気に雑味がない。

年が改まるこの時期に、決まって湊は思う。駆け足気味で慌ただしかった世の中が、正月の声を聞いた途端に清らかになる。リセット感にあふれた変容振りが湊は嫌いではなかった。振り返ればいろいろとあったものの、気持ちを新たにして前を向こうと思えてくる。

湊は「小田原《おだわら》箱根駅伝」往路のゴール付近に立った。

主に関東の大学20校で競うこの駅伝大会は正月の風物詩。国民的イベントと言ってもいい。テレビ中継の視聴率は30パーセントを超えるというからものすごい。

湊は警視庁警備部警護課所属の警察官、SP（セキュリティ・ポリス）である。

極寒の野外勤務にも耐えられるロシア製のコートを湊は着ている。北海道に生まれ育ったせいか寒さを苦にしない。それでも湊の端正な表情は縮んでいた。1月の芦ノ湖畔は冷凍庫に放り込まれたような不気味な静けさだった。露出しているのは顔のみ。口と鼻を覆うマスクをしているものの、表情を動かせないくらいに凍えている。

SPの任務は要人の警護。湊は国務大臣警護を担う警護第二係に所属している。

警護は公用に限る。だが大臣を狙う輩《やから》からすれば公用も私用もない。暗闇から矢を射る卑怯《ひきょう》者の狼藉《ろうぜき》だ。湊らの仕事の線引きはあってないようなもの。総理大臣が夏の静養でゴルフに興じるとき、そこにテレビカメラや新聞記者が集うのであればSPも付く。大臣が後援者と会食するときなどは、SPは店の前で待機する。ただし盆と正月は基本的にはお役御免である。

その正月に、環境大臣・雨宮《あまみや》佐知子《さちこ》の申し出を、湊は受けた。

「駅伝、ゴールで母校に声援を送りたい」

雨宮大臣はそう言った。

正月の名物駅伝を現地で応援する。大臣得意のパフォーマンスか、と湊は嘆息した。

雨宮佐知子は東大の法科を出て、美竹《みたけ》大の大学院で修士を取っている。駅伝での母校ということならば私学の雄・美竹大だ。

雨宮はサッチーと呼ばれ、その顔を広く知られている。齢《よわい》50の半ばだが若々しい。だからなのか重厚感には欠ける。発言には慎重さが少なく、ずけずけと物を言う。高齢男性ばかりの閣僚では目を引き、出る杭《くい》となってアンチも多数いた。しかしそれ以上にファンも多い。腰が軽く、力を出し惜しみせずにどこにでも赴く。スポーティな清潔感に溢《あふ》れている。言動が分かりやすいところも人気につながっていた。

湊には雨宮大臣の行動文法を知り尽くしている自負がある。母校の活躍に炬燵《こたつ》に丸まっている場合ではないのだろう。だがしかし、ゴール前に陣取って諸手《もろて》を挙げてアンカーを迎えると言う。国民的イベントの感動的シーンを切り取るテレビカメラにその身を映したい意図は明々白々。美竹大が優勝すれば、ゴールテープを切る場面は繰り返し放送される。

暮れの会合で警護をしたとき、雨宮大臣は「母校に気のいい新人が入ったの」と、秘書たちに嬉々《きき》として話していた。陸上競技に興味の薄い湊は、その言葉を聞き流した。SPと要人に会話はなく、職務上の指示以外に大臣に言葉をかけることはない。それは秘書たちも同じことのようで、このときも駅伝大会についての会話は弾まず、その新人の人となりなどを尋ねることもなかった。

このミッションは上司の上原幸一郎《うえはらこういちろう》を経由してきた。年の暮れ、職務を終えたばかりのときだ。

「また御指名だ。見回りを含めて正味2時間ってとこか。正月だし、今回は上がってこなくていい」

SPの職務は警護現場から本庁に戻り報告書を提出するまで。深夜になり日付が変わろうとも要人を自宅に送り届けて桜田門《さくらだもん》に戻る。今回の正月の特別勤務ではそれを免除するというのだった。

舌打ちをしそうになるところを湊はこらえた。上原の物言いはいかにも恩着せがましい。

「ゴールは大手町《おおてまち》じゃないか。本庁まで、それこそ走ってすぐだ」

1月2日は朝からツーリングに出かける予定だった。千葉の南房総《みなみぼうそう》まで愛車で風を切る。一時も気が抜けないところは職務と変わらないが、緊張感の種類がまるで違う。バイクの操縦は自分の命を護《まも》る。それが湊にとっては最大の息抜きになった。これ以上の愉楽が他にあるか、というくらいのものだ。目的地についてバイクのエンジンを切り、ヘルメットを脱いで姿勢を正した瞬間の清々《すがすが》しさといったら！

内房《うちぼう》の富浦町《とみうらまち》に友人の別荘があり、男四人で一泊する。近隣の温泉施設で手足を伸ばしたあとで、酒を酌み交わし魚介の鍋《なべ》をつつく。その後の麻雀《マージャン》も愉しみだった。

だが翌日の勤務を思うと夜更かしは断念せざるを得ない。3日の昼前には大手町のゴール地点に戻る。遅くとも午前10時。大臣が立つ現場の事前チェックは必須《ひっす》である。

ところが、ゴールは大手町ではなかった。雨宮大臣が訪れるのは1月2日の往路、箱根・芦ノ湖だという。

「美竹に総合優勝は難しい。だが往路優勝の可能性は高いらしい。山登りの5区を走るランナーが相当に有望なんだと。そいつがゴールする瞬間、テレビに映る腹だろう。ものすごい視聴率なんだろ。サッチーがそんなチャンスを見逃すはずもないわな」

ゴールとは大手町ではなく箱根・芦ノ湖だった。

箱根から南房総に回るのは骨が折れる。いや、そうでもないと思い直した。勤務後の午後一番で芦ノ湖から都心方面に戻り、横須賀《よこすか》に南下して久里浜《くりはま》港から東京湾フェリーに乗ればよい。川崎《かわさき》まで戻って海ほたるを突っ切るルートもあるが、フェリーならば船内に愛車を休ませ、東京湾に降り注ぐ陽光を眺めながら手足を伸ばすこともできる。千葉の金谷《かなや》港から富浦町はすぐ。内房の国道沿いを飛ばして15分で着く。うまくすれば温泉の湯槽《ゆぶね》で友人と合流できるかもしれない。

湊が特別任務を承諾したのには他にも強力な理由がある。「断ってはいけない」との予感。なにかが起こりそうな——SPの勘だ。この勘は悪いほうばかりに冴《さ》えを見せるのだった。

今、湊は刺すような空気の中に立っている。

雨宮佐知子大臣とは新年の挨拶《あいさつ》を済ませていた。彼女は暖房の効いたワンボックスカーで待機している。運転席には彼女の甥《おい》の生島耕太《いくしまこうた》。湊のひと回り上、42歳の青年実業家だ。雨宮と生島は前日から箱根に宿を取っていた。

主催には話が通っていて、大臣はゴール付近に立つ。湊の左腕にも報道陣の腕章がある。雨宮は母校のアンカーがゴールする直前に出てきて拍手で出迎え、祝福の輪に加わり、テレビカメラに映り、車に戻るだけである。その間、10分未満。

雨宮はスカーレットの鮮やかなロングコートをまとっている。美竹大チームカラーだ。学生たちのコートやウインドブレーカーは落ち着いた緋色《ひいろ》だが、雨宮のコートは色合いが明るい。大臣の派手やかな顔立ちに似合っている。集団に埋没せず目立つ計算なのかもしれない。

そして足元には同色のハイヒール。真冬の野外イベントにハイヒールとは。大臣の奔放さに湊は胸の中で呆《あき》れた。ワンボックスカーの後部座席には同色のスニーカーがあった。スポーティなロングコートにはスニーカーが似合う。なぜそちらを履かないのか。おそらく——さらに背丈を高くして目立とうという意図に違いなかった。彼女が歩く距離はわずか。足元が冷える心配もない。

雨宮は8月に54歳の誕生日を迎えたが、ありていに言って40代半ばくらいに見える。政治家特有の戦闘的メンタルによって男性ホルモンが増すため——そんなことも週刊誌に書かれた。若見えはスポーツ好きということも無関係ではないのだろう。足取りも軽く、移動などは率先して小走りになることも多かった。

その華やかで軽やかな好印象を、駅伝視聴者の多くも感じるはずだ。人気取りと眉《まゆ》をひそめるアンチもいるのだろうが、正月に母校の応援に駆け付けた熱意を汲《く》む層も多い。政治家はアンチのことなど歯牙《しが》にもかけないのである。

湊の嫌な予感。それは赤い薔薇《ばら》が凍り、粉々に砕ける様だった。

だが現地に立つ湊に、別の勘働きが割り込んできた。

アイスホッケーの硬いパックが自分目がけて飛んでくる。パックがフェイスガードに当たって逸《そ》れ、自軍のゴールネットを揺らしてしまう。そんなイメージが湊の頭を巡る。

湊は赤い無地のネクタイを締めた。大臣のコートと同じ色。色を合わせたわけではなく、警護課に支給される公式のネクタイだ。雨宮に挨拶をしたとき、「あら？　今日はレインボウじゃないのね」と眉をひそめられた。要人警護の際、湊は独自のタイを締める。雨宮お気に入りの派手な色合いのタイ。それはバッグにある。

だが、湊は地味な公式のネクタイを選んだ。

「そうか。今日はチームカラーに合わせてくれたのね」

そう雨宮は表情をゆるめたのだった。

2

正午をまわった。

澄み切っていた空にいつのまにか雲が浮かんでいる。

トップのランナーが山を登ってくる時間だ。だがゴール前は案外安穏としている。周囲には飲料などのスポンサーのテントが四つ。大イベントの折り返し地点としてはそれ程にぎにぎしくない。アンカーを迎える各大学の陣営も三々五々といった様子である。専用のベストを着たカメラマンたちも背中を丸めて焚火《たきび》を囲んで暖をとっている。

「美竹大、独走です。後続は見えません」

アナウンスの声がした。女性の若々しく清らかな声。この一言でそれまでの空気が一気に引き締まった。

「ぶっちぎりだ。清水翔《しみずしょう》、すげえな」

湊の前にいる長身のカメラマンがつぶやいた。美竹大アンカーの名だ。

赤いウインドブレーカーの集団が手を叩《たた》きながらゴールの後方に移動する。着ぶくれしたカメラマンたちも背を丸めてゴール前に陣取る。誰がどの場所につくかは了解済みのようで、速やかに配置が決まった。

雨宮も車から降りた。赤い薔薇の御登場だ。

ゴール付近にはカメラマンのほかに若い女性の姿もあった。女性アナウンサー、レポーターが数名。それぞれタレントやモデル並みの容姿なのだろうが、雨宮佐知子と比べると見劣りする。

湊は雨宮の前に立ち、定めていた地点に誘導した。

湊の視界に胸の赤いタイが入る。今日はこれで事足りる。

雨宮が言った「レインボウ」とは、七色のレジメンタルタイ。これを締めることが湊の流儀だった。

SPには厳然としたスタイルコードがある。しかし「レインボウ」は特例として黙認されていた。黙認というよりも雨宮大臣の肝入りである。「雨にお辞儀を」という意味が気にいられたこともあるのだが、大臣が許可するだけの明確な理由と実績があった。

　スナイパーは標的を狙い定める。その傍らに妙な風貌《ふうぼう》の人間がいれば目を奪われる。派手な柄が目に入った時点でスナイパーの集中を削《そ》ぐ効果がある。人間の脳の認知傾向である。

　この発想は湊がアイスホッケーのゴールキーパーだった経験則から生まれた。ゴールキーパーは派手やかな衣装でシューターを幻惑する。シュートを打つ敵方の目には必ずゴールキーパーの姿が目に入る。サッカーなどでも同じことのようで、ゴールキーパーのみがチームカラーとは別にカラフルなユニフォームを着る。シュートは打った人間の目に入ったところに飛ぶのである。

　ＳＰは黒子なのだから、派手やかなネクタイ着用が許されるはずもない。だが当の要人が許可すれば話は別。凶弾よ、オレの胸を撃て。そんな湊のプロフェッショナルの覚悟を雨宮は意気に感じたのだ。

　パックを自らの身体に当ててゴールを護《まも》る。これはすなわちＳＰの仕事そのものだ——そう湊には思えた。


　芦ノ湖を覆う空気がますます冷たい。湊には辛抱できても、か細い薔薇には苛酷《かこく》にすぎるようで、雨宮は白い顔を歪《ゆが》めている。赤い足元はたどたどしく、見るからに頼りない。

　湊は風上に立って大臣をエスコートした。二人は歩を進めて美竹大陣営のすぐ後ろに立った。長距離選手には小柄な選手も多く、１８５センチの湊の顔が突出した。１６５センチの身長にハイヒール５センチ分上乗せした雨宮大臣も目立つ。この集団では黒コートの湊がはっきりと浮き上がる。

　歓声が大きくなり、アンカーがやってきた。

　ユニフォームは鮮やかな赤。ゴールインを待つ学生たちが一斉に両手を挙げた。アンカーの走りに衰えはない。靡《なび》いている髪も軽やかで、笑顔さえ浮かべている。後続は見えない。ぶっちぎりの往路優勝だ。

　こういうところも雨宮は強運だった。いくら下馬評で有力視されていても、母校がトップでテープを切るとは限らない。往路優勝のアンカーに寄り添う場合と、２位以下の場合とでは、露出のインパクトには大きな違いがあるだろう。

　雨宮大臣の表情が華やいでいる。見事なギアチェンジだと湊は思う。

　美竹大陣営が沸いている。手拍子とともに「ショウ！　ショウ！」とアンカーの名がコールされ、往路優勝の歓喜の準備は整った。

　美竹大アンカーが両手を大きく広げてテープを切った。笑顔が弾《はじ》けている。

　その勢いで赤い陣営の輪に飛び込もうとした。

祝砲のピストル音が空に響く。

その直後。

空が震えた。

別の破裂音！

湊は身構える間もなく動いた。

冬の空気を切り裂く凶悪な破裂音。

銃声だ！

湊は大臣に覆いかぶさっていた。

華やかな香水の匂いが湊の鼻に付く。

「きゃっ！」という甲高い声。「狙撃《そげき》です！」と短くささやき、湊は大臣を両手で抱き抱えて猛然と走った。

「狙撃？　私？」

「無事ですね」

「どこもなんともない」

「足元、撃たれてます」

「踵《かかと》？」

警護対象は無傷。一連の動きの中で、湊はそれを確認した。

「発砲です！　みなさん、身をかがめてください！」

湊は走りながら振り返り、大声で怒鳴った。

事前の検分で、仮にゴール前に立つ人間を狙うのならば、北東の方向からだと読んだ。そこに背を向けての全力疾走。美竹大アンカーと張り合えるほどのスピードだ——こんな時にそんなことが湊の頭を過《よ》ぎった。

大臣を車にねじ込む。避難先は決めてある。生島は特に驚いた体を見せず、「ほいきた！」などと上体を跳ね上げた。

「ネエさん、平気？」

「平気。ハイヒール、撃たれちゃった」

「あれ、高いのにな。やっぱりスニーカーにしておきゃ良かったかな」

扉が閉まり、能天気な声が消えていく。

湊は本庁に連絡を入れ、現場に走り戻った。

ゴール付近には戸惑いの空気が漂っていた。

白いロングコートを着た大会関係者たちが総出で湊の帰りを待っていた。二十名ほどの男性たちが困惑している。

「警察の方ですね。すぐに2位のランナーがやってきます。いったい、どうすればいいのですか」

責任者らしい白髪の男性が言った。言葉に怒気をはらんでいるが、その表情は泣きそうだった。

難しい判断である。要人の安全は確保した。雨宮大臣は無傷。しかし狙撃の事実は厳然とある。凶悪犯罪が、まさに今この場所で行われたのだ。

万が一、標的が雨宮大臣ではない場合、被害者が出る可能性もある。

「どうすればいいんです！」

年配の男性の声が震えている。関係者は長身の男性が多く、白いコート姿が堂々として見える。そのぶん痛々しい。その奥で美竹大のチームカラーの赤が小さく固まっている。紅《あか》と白。正月にお誂《あつら》え向きの配色であるはずなのに寒々しい光景だった。

湊は眉《まゆ》に力を込めた。ランナーはゴールを目指して激走している。本庁に判断を仰ぐ時間などない。

1位と2位のアンカーのタイム差は1分半。2位のランナーはまだ姿を見せていない。

「ゴール付近、立ち入り禁止！」

湊は大声で宣言した。

白コートたちの顔が一様に凍り付いた。

「選手たちのゴールはどうするんですか！」

「できません。無防備な彼らがもっとも危険です」

「じゃあ、どうすればいいと言うんだ！」

「だから立ち入り禁止です。狙撃犯はここを狙ったんです」

「そんなバカな！　そんなこと、できるわけがない！」

「大臣が狙撃された。緊急事態です」

「記録はどうなる！　選手たちは命がけで襷《たすき》を繋《つな》いできたんだ！」

「黙れ！」

　湊の一喝に、関係者たちは怯《ひる》んだ。

　議論の暇はない。一刻も早く新しいシフトを敷くための一喝だった。

「みなさんは狙撃に対して完全な準備をしたか。県警と連携してなにか手を打ったか。そうでなければ、速やかにこちらの指示に従ってもらう」

「し、しかし、ゴールインしなければ、往路の記録になりません」

「次の犠牲者が出た場合、誰が責任を取るんだ」

　白コートたちは黙ってしまった。

　1位チームのアンカーはゴールインしたものの、事実上の競技中止だ。

「言葉が乱れたことを謝ります。一刻を争います。記録も大切だが人命よりも尊いものはありません。後続にゴールインしないよう、大至急手配をお願いします」

湊は一転して口調を改めた。それでも白コートたちは立ちすくんだままだ。

「これは命令だ！　責任は警視庁が取る！」

白コートたちが険しい顔でうなずき、一斉にコースを小走りに逆行した。

そのとき、白いユニフォームを着た2位チームのアンカーが直線に入ってきた。その後に青いユニフォームが迫る。ともに顔が歪《ゆが》んでいて、美竹大のアンカーとは表情が違う。その前に、白コート数人が両手を振りかざして立ちはだかる。

山を越え坂を下り、全力を尽くしてここにたどりついたランナーがゴール目前で進路をふさがれる。

白いユニフォームのアンカーが白コート二人に抱きかかえられるようにして足を止めた。理不尽に抗《あらが》える気力は残っていないのだろう。しかしそれでも青いユニフォームのランナーは関係者たちを振り切ってゴールへ向かおうとした。ようやく白コート四人がかりでその足を止めさせた。ランナーは涙を浮かべていた。

選手たちが全身全霊をかけて準備をし、晴れの舞台で襷を繋いできた。彼らが命をかけて向かったゴールには、ゴールテープも人影もなかった。

サイレンが迫ってくる。

3

凶弾は雨宮佐知子大臣のハイヒールを撃ち抜いた。

左足の踵。

銃弾は現場検証ですみやかに発見された。要人の狙撃事件ではあるものの、血は一滴も流れていない。足を踏み外したのかと思った――怯《おび》えた様子もなく、大臣はそう語っている。

湊はＳＰとしての職務を全うした。

だがもちろん、それで良しというわけではない。

ただで済むわけもなかった。

日本列島がぐるりと回転し、北海道と九州の南北が入れ替わるような大騒ぎとなった。

駅伝の復路は中止。大会そのものも中止である。

往路2位以降のアンカーはゴールインを認められず。ゴール前の直線にさしかかるところで大会関係者に足を止められた。その理不尽極まる光景も生中継された。中継の解説者は事情が分からず、「なぜ止める！　こんなバカな話があるか！」と声を裏返して絶叫した。解説者同様、視聴者の誰もが混乱した。正月2日に起こった大事件である。そのリアルを多くの国民が目の当たりにしたのだ。

揉《も》めたのが往路1位の美竹大の扱いだ。ゴールインは狙撃《そげき》前。だからその記録は尊重されるべきで、往路優勝であることに疑いの余地はない。

ところが、美竹大・小倉悠一《おぐらゆういち》監督は長身を折り曲げながら往路優勝を辞退した。大会そのものが中止なのだ。狙撃事件の現場にいたチームの責任者として、往路優勝を喜ぶことなどはとてもできない——と、灼《や》けた顔を皺《しわ》だらけにしてコメントしたのだった。

雨宮佐知子がゴール前に立たなければ——そんな恨みが日本国中に広がるのは当然のことだった。

大臣の来訪を許したのは美竹大側。美竹大には落ち度はない。現役大臣の祝福を拒否できるはずもないだろう。ちなみに美竹大1年生アンカーのタイムは区間新記録だった。大会そのものが中止となった以上、彼が命をかけて山越えをして叩《たた》き出した好タイムも幻となってしまった。

一発の凶弾が、国民的スポーツイベントを粉砕してしまったのである。

現場検証を終えた神奈川県警は記者会見し、「何者かが、ゴール付近にいた人物を狙撃した。狙撃は一発。それは未遂に終わった」と発表した。ゴール付近にいた人物とはなんとも馬鹿げた表現もあったものだ。雨宮佐知子大臣の白い顔と鮮やかなコート姿を、いったいどのくらいの人間が目の当たりにしたと思っているのだろうか。

駅伝の中止の忿懣《ふんまん》と鬱屈《うっくつ》が、雨宮大臣に向けられたのはごく自然の流れだった。

結果、報道やSNSなどで一億総袋叩き状態となった。

「人気取りのために、のこのこ出てきたせいだ。正月くらい炬燵《こたつ》で丸まってろ」

「撃たれて重体ということならば同情できるけど。無傷でしょ。あんなことで、天下の駅伝が中止になっていいんですか」

「母校（東大出身じゃなかったっけ？）の応援に駆け付けるのは良いことですが、隣りにいた場違いな黒コートの男性ってSPですよね。これって公務なんですか？」

こういったものは優しい部類で、直截《ちょくせつ》的で凄《すさ》まじいものが大多数だった。

単に「雨宮死ね」との類《たぐい》は優に百万件を超えた。「死ね、赤いキツネ」というのも多かった。雨宮大臣はレッド・フォックスと呼ばれることもある。

他のものはこんな調子である。

「脳天ぶち抜きの即死なら、中止もやむなし。でも名誉の死には程遠い無傷。しかもあの場にハイヒールとは。舐《な》め切っている。赤キツネ・トホホ狙撃未遂事件」

「損害賠償請求50億円。当局はあの女を訴えるべきだ」

「雨宮と自民党は全世界の陸上競技者とそのファンを敵にした。大臣更迭は当然、議員も辞職させるべき。総理は任命責任を取れ」

「5流の政治家に5流のスナイパーをあてがったな。よって黒幕も5流。我らの駅伝は5流のバカどもに潰《つぶ》された」

「スナイパーは超一流だろ。ハイヒールの踵《かかと》を撃ち抜くなんて。ゴルゴ13《サーティーン》クラスの凄腕《すごうで》じゃないか」

「そのとおりだ。スナイパーの目的はデモンストレーション。分かる人には分かるように自分の力量をアピールしたんだ。だから視聴率30パーセントの駅伝の往路ゴールでやる必要があったんだ」

「競走阻止法強制執行大臣。もちろん参議院では超党派で即否決」

正にサンドバッグである。

復路が消えたことにより、出場大学の宣伝効果は半減した。この駅伝出場を起爆剤に受験者増を、と目論《もくろ》む新興大学の学長はツイッターで雨宮大臣のスタンドプレーを批判した。

さらに閣僚からも厳しい声があがった。小田原誠《おだわらまこと》文科大臣と雨宮大臣とは犬猿の仲。スポーツ庁の上部にあたる文科省として、箱根駅伝の中止は腹に据えかねる大事件だという憤りである。

「真のスポーツファンは謙虚である。目立たずにこっそりと声援を送ってこそ。『巨人の星』の星明子《ほしあきこ》さんのように、電柱の陰から見守るのがファンの品格であるべきだ。それを、いい歳をした大人が、パフォーマンスのごとくしゃしゃり出るのはいかがなものか。パーティー会場じゃあるまいし、ハイヒールを履いてくる神経も理解しかねる」

「彼女には前科がある。ときおり大相撲の東京場所を観戦しているようだが、いつだって向こう正面の升席に陣取る。あそこは必ずテレビに映る。正面か東西の、目立たない升席で静かに土俵を観る奥ゆかしさが欲しいところだ。それが真の角通のあるべき姿ではないか」

「プロ野球も好きだそうで、それはそれで結構なこと。スポーツマインドに溢《あふ》れた女性閣僚であることは喜ばしい。だがもし、ホームラン3本打った試合が狙撃未遂事件のせいで記録無効になったらどうする。バッターが可哀想だ」

小田原大臣の言説は支離滅裂、まるで酒場の放言に近いものだ。センスの古さも昭和そのもの。しかしそれすらも容認されるような「雨宮憎し」の空気が漂ったのである。

今年の9月、現総理大臣の任期満了に伴う総裁選がある。ここに雨宮環境大臣も出馬すると言われている。次期総裁の座を狙う小田原大臣としてはライバルの芽をつぶしておきたいのだろう。それにしても露骨な雨宮攻撃だった。

しかもマスコミの取材によって雨宮大臣のスタンドプレーが暴露された。ゴール前での「合流」を美竹大監督に認めさせたのは年末、大晦日《おおみそか》のことだった。湊の警護要請の後に許諾を得たことになる。この手順前後にはさすがに湊も呆《あき》れた。何事も白分の思いどおりになると信じて疑わないのだ。

この駅伝の場合、沿道から旗を振るような政治家も案外多いが、その場合はテレビカメラに映るのはほんの一瞬。アナウンサーも著名人の応援についてはとくに言及しない。それに比べると、ゴール後の歓喜の輪に女性大臣が立つというのは、いかにもあざとい露出効果だ。しかも独走で往路優勝なのだから、雨宮大臣にとっては万々歳、前泊して芦ノ湖までやってきた甲斐《かい》があったというわけである。

凶弾に狙われさえしなければ——。

4

本庁の一室に捜査本部が設けられた。雨宮大臣狙撃未遂事件の帳場だ。

廊下の突きあたりの物置のような部屋。やけにさりげない設営である。帳場入口に付き物の戒名もない。薄っぺらい紙に「芦ノ湖狙撃未遂事件捜査本部」などと毛筆書きされた張り紙を戒名と呼ぶ。事件を速やかに解決していち早く引っ剝《ぱ》がそうという意気が込められており、毛筆の力強さとは不相応な紙に書く。捜査員が出入りするたびになびくくらいのものである。しかし本件の帳場に戒名はない。そんなものを用意する暇もないくらいの重大案件。帳場の所在も公にしない。こういうところにも警察の秘密主義は徹底されている。

湊はフロアのエレベータ前に呼び出され、帳場に誘導された。「目隠しはしなくていいんですか」との湊の軽口を、20代の捜査員は平然と無視した。

ドアを開けると、すぐに白いパーテーション。そこから顔を覗《のぞ》かせると、殺気が湊の顔を刺してくる。刑事たちの眼光の鋭さ。誘導の捜査員がいるにも拘《かか》わらず、大柄な男が湊の前に立ちはだかる。外部者は容易に入れない。

30分ほどの聴取を終え、湊は警護課部屋に戻った。

窓を背にして座る上原に目礼すると、その目線が「こっちへこい」と呼びかけている。湊は一礼して上原のデスクの脇に立った。

「どうだった」

上原が言った。

「狙撃場所は特定済みですね」

湊の言葉に、上原は満足そうにうなずいた。

あの日。配備していた県警に、湊は狙撃《そげき》地点を指示した。現場に居合わせたSPとしての直感である。その点について、特捜での聴取ではまるで触れられなかった。つまりは了解事項。狙撃地点は特定されているのだ。

「大臣の行動についてだけ、繰り返し聴かれました」

「ヤツらは相変わらずか？」

「聴かれたことだけを答えました。時間の無駄ですから」

事情聴取に会話はない。完全な一方通行である。同庁所属の湊の質問にも答えない。物事の自然の流れとして、「狙撃場所は最後の直線の角にあった4階建てのビル、その屋上ですね」と問い質《ただ》したいところだ。だがもし湊がそれを口にしたとしても、取り調べ官は一切答えない。刑事が捜査情報を漏らすことはないのである。

「なぜセブンがあの現場を狙った。そこがキモだな」

上原の言葉に湊は黙ってうなずいた。

セブンと聞けば、湊はレインボウカラーを反射的に思い浮かべる。だが上原が言うセブンとは狙撃犯のこと。警護課のみで使われる隠語だ。ヒットマンやスナイパーからは連想できない隠語で、初めて耳にしたときに湊は訝《いぶか》ったものだった。単純に「7」の形が拳銃《けんじゅう》に似ているからだろうと先輩SPに聞くと、麻雀牌《マージャンぱい》の「7ピン」のことだという。絵柄がピストルの形に似ているから――。昭和のセンス、なんという古臭い発想だと湊は呆れた。しかもそれが廃れずに受け継がれる。警視庁の体質は昭和そのものなのである。ちなみに、狙われる側を「イーソー」と言ったらしいが自然消滅したようだ。麻雀牌の「1索《イーソー》」は鳥のイラスト。鳥が銃に撃たれるという発想。人命に関わる重大事件の隠語に娯楽を絡める神経が湊には理解できなかった。

「凹《へこ》むなよ。お前さんはベストを尽くした。これまで以上に、しっかりやれ」

デスクに戻って腰深く座り、湊は背筋を伸ばした。

自分はＳＰとしての職務を遂行した。正月休みを返上して大臣に寄り添った甲斐もあった。上原の言うとおり、今後の職務に一層の念を入れて臨めば良い。

だがしかし、と湊は胸の中で首を激しく振り続ける。

強烈な違和感が頭にも腹にも居座り続けている。

なぜ現場で、殺気を感じなかったのだろう――。

このことである。

何者かが要人を狙うようなとき、警護に付く湊にはその殺気が伝わった。必ず伝わる。説明不能の、理屈を超えた能力である。

職業柄、常に最悪の事態を考えて動く、そんな当たりまえのメンタルを超えたものだ。何事もないときには湊はなにも感じない。嫌な予感がするときに、なにかが起こる。もちろん起こらない場合もある。だが良からぬことが起きたときには、必ず湊のセンサーが反応している。

湊の特殊な能力に気づいた上官が研究機関に打診、さまざまな検査実験の結果、一定のお墨付きをもらうことになった。

湊の脳。扁桃体《へんとうたい》の働きが常人離れしている。扁桃体は危機を察知すると、危険から逃れようとする。生命保護の本能だ。湊の場合その察知速度が著しい。しかも本能に逆らって、逃げずに危機を正面から受け止める。研究者によれば、極めて珍しい脳の働きだというのだった。

何者かが大臣の命を狙う殺気を、湊はあの現場で感じることはなかった。

たしかに通常の警護とは違った。正月、芦ノ湖畔。いわば大臣は物見遊山の気分だった。公務ならば四名のSPが付くが、湊一人が大臣に寄り添っていた。

だからといって湊が肩の力を抜くはずもない。SPの仕事はオールオアナッシング。100点か0点か。万が一にも血が流れてはいけない。細心の準備と十全な警護をして何事もなければ100点。有事に要人を護《まも》り切れば100点。要人がわずかでも傷を負えば0点。

上原からの教えはさらに厳しく、「護り切って70点」。100点と思えばどこかに慢心が出る。今回は無事で済んだが、どこかに隙はなかったかを考え続けること。「辿《たど》りきて、未《いま》だ山麓《さんろく》」の意識がSPには不可欠だと。

湊の服装もいつもとは違った。現場にはバイクで赴き、スーツに着替えた。ネクタイも現場で着けた。

一応の理屈はある。視聴率30パーセントのテレビ生中継だ。派手なネクタイを控えるべきではないか、と。

護ることは護ったが――。

100点だったと胸を張ることはとてもできない。70点にも届かないと湊は目を閉じるのだった。

5

1月5日、衆議院議員会館の特別室。雨宮佐知子大臣の記者会見である。

雨宮は肩まであった髪を切り、ベリーショートの出《い》で立ちで報道陣の前に現れた。紺のスーツ姿には隙がない。それでいて軽やかに見えるのは髪型のせいかもしれないと湊は思う。雨宮大臣の批判にお決まりの文言である「重厚感の欠如」を、あえて強調するような若々しさがある。

入室する報道陣には厳しいセキュリティチェックが施された。

湊は出入口脇に立つ。今日も赤いネクタイを締めている。背筋を伸ばし、大臣の肩ごしに報道カメラを臨める。

SPは会見内容を知る由もない。だが現場に居合わせた当事者としては想像はつく。髪を切っているところを見ても平身低頭の姿勢を貫くはずだ。

「関係者の皆様、そして駅伝大会を楽しみにされていた国民の皆様に、心から陳謝いたします」

などと頭を深々と下げる。雨宮佐知子ならば、涙を流す用意があるのかもしれない。

問題は、その後。記者たちの意地の悪い質問にどう対処するのか。

間違いなく集中砲火となる。

こういった会見の場合、陣営は仕込みを行うこともある。手なずけている記者にありきたりの質問をさせ、それにゆっくりと答えて時間切れを狙う。記者を指名する司会者もぬかりなく取り込んでおき、厳しい問いを封殺する。ところが雨宮大臣はそういった仕込みを一切しなかった。秘書によれば、意地の悪い問いに対処することを愉《たの》しんでいるとも思えるという。辛辣《しんらつ》な問いにかっとなって地金を現さなければ良いのだが、と湊は案じた。

だが——。

通り一ぺんの枕を振った後で、さっぱりとした頭を下げたまでは良いのだが、顔を上げたときの雨宮大臣の目が凄《すさ》まじかった。見入る人間を吸い込むようなものすごい目力。湊が雨宮に寄り添うようになって2年が経つが、初めて見る目の様相である。

「卑劣なテロ行為に、私は絶対に屈しない！」

背筋を伸ばして胸を張り、そうぶち上げた。声に凄《すご》みと重みがあり、それが若々しい印象とは裏腹に、妙な迫力を生んでいるようだった。

「日本人にとって、正月というものは、決して邪気があってはいけない時です。しかもあの駅伝は、多くの皆さまが一家団欒《だんらん》で観戦する稀有《けう》なイベントです。老若男女がランナーたちの頑張りに胸を震わすのです。まさに正月にふさわしいイベントなのです。それを利用するとは、卑劣極まりない！

これは国家への挑戦だ。しかも私の周囲にはなんの罪もない善良な学生たちがいた。もし流れ弾が彼らに……、と考えると気を失いそうになります。それほどまでに私が憎いのなら、時と場合をわきまえろ。私は受けて立つ！　この非国民め」

湊こそ気を失いそうになった。そして仰天する気持ちを抑えながら記者たちを見回した。

記者たちも雨宮大臣の迫力に気圧《けお》されていた。あからさまに目を丸くしている女性記者もいる。目と同じく口を開けている記者もいる。

「暗闇から矢を射る卑怯《ひきょう》者。首を洗って待っていなさい。あなたには、来年の正月はありません」

毅然《きぜん》と、堂々と。表情にも語気にも迫力がある。

湊が驚いたのは、駅伝の中止について踏み込んだ言及がないことだった。最初の挨《あい》拶《さつ》のみで、謝罪の言葉なしである。

これが政治家、これが大臣なのだろう。湊は彼女の強靭《きょうじん》さに改めて感じ入った。

雨宮大臣からのコメントは案外短く終わった。

すぐに記者から魚河岸《うおがし》のセリのように手が挙がる。普通は無言で挙手するものなのだが、雨宮の気合いが伝播《でんぱ》したのか、多くの記者が「はい！」と声を張った。

「まずは大臣の無事をお喜び申し上げます。しかし結果として、小田原箱根駅伝という国民的スポーツイベントが中止になってしまった。そのことについて、どうお考えですか」

指名された白髪の記者が立ち上がって質問した。

雨宮大臣は短く鋭くうなずいた。

「ですから、許せません。時と場合をわきまえろ。そう言ったとおりです」

「そのことについて、大臣に責任はあると思いますか」

雨宮大臣は唇を結び、白髪の記者を見据えた。たっぷり10秒。そして口の端を上げて微笑むような表情を見せた。

「ひさしぶりに耳にする愚問です。私はテロ行為の被害者ですよ」

「しかし、あの日あのとき、大臣が往路優勝チームの輪にいたから、中止という事態になったのも事実です」

「あのね、あなた。私があの場所にいかなければ、とかいう通りいっぺんの謝罪が聞きたいわけ？　被害者にも落ち度があるってこと？　バカも休み休みに言いなさい」

「被害者にも落ち度があるという一般的議論は措《お》いておきます。先ほど大臣はこうおっしゃった。私の周囲にはなんの罪もない善良な学生たちがいた、と。その善良な学生たちに寄り添ったのは大臣でしょう。多くの国民は大臣のスタンドプレーを非難しています」

「母校の応援に駆け付けることの、どこがスタンドプレーなんですか？　ええと、あなたはお孫さんがいる年齢のようね。あなたがお孫さんの小学校の運動会に出かけたとする。あなたは仕事上、敵が多いとしましょう。運動会の最中にあなたが狙撃《そげき》され、運動会は中止となった。これって、あなたに責任がおありですか？　多くの国民が私を非難していると言いましたが、『多く』とはどういった範囲で、具体的に何人ですか。マスコミ人たる者、表現には気を遣うべきでしょう。いい加減な表現は慎みなさい。そうやって印象操作をし、国民の皆さまを煽《あお》っているのはあなたがたでしょう」

場内から苦笑が漏れた。白髪の記者はおどけたように首を横に振り、おおげさに肩を竦《すく》め、不満を表すように勢いよく席に座った。

次に指名されたのは40代半ばの女性記者。

「卑劣なテロ行為であることに異論はありません。では、なぜ大臣は狙われたのでしょう。思い当たる点をお聞かせください」

「そういった類推に意味はありません。早く捕まえて、その卑怯者に問うてください。要人を狙う輩《やから》は常にいます。だからSPが付いているんですよ」

「一般論ではなく、大臣ならではのご事情、おありかと思います。そこをぜひお願いします。私も小田原箱根駅伝の大ファンで、それが中止となった無念にいまだに折り合いが付きません。涙も出ません。私事ながら、親類が復路のランナーとしてスタンバイしていたのです。選手たちと同じように、私も1年かけて応援してきたのです。ですから、なにかしらこちらの溜飲《りゅういん》を下げる理由が知りたいのです」

女性記者はいつのまにか赤いハンカチを取り出して目頭をぬぐっている。この女性、なかなかの役者である。

「こういった公の場では、軽率に言うことはできません。だからどうしても一般論になってしまいます。ただまあ、SNSなどで『雨宮死ね』とディスるのはわけもないことですが、狙撃となると、相当の覚悟とエネルギーが要るでしょうね。しかも正月に芦ノ湖までやってきた。これは並みの執念ではない。そこまで私を排除したい。そんな強い意志と、そして冷徹な計画性を感じます」

「目星は付いているんですか」

「みなさんご存じのとおり、敵が多すぎて」

雨宮が微笑む。場内にも失笑が漏れた。

「あなたたちの執念も理解できます。お土産が欲しいのね。じゃあ、一つだけ。私が芦ノ湖に行くことを知っている人って、それほど多くなかった。ツイートしていますけど、後から読むと、ゴールとだけ書いていて芦ノ湖とは特定できませんね。先ほどの質問で、具体性のない表現について厳しく指摘しておきながら、私も他人のことは言えません。軽率で曖昧《あいまい》な文章だったと反省しておりますが……。ですから、そういったところを、当局は詰めていると聞いております」

雨宮はゴールでの応援を自身のＳＮＳに上げていた。12月27日の午後11時に配信されている。自ら拡散した文面は以下のとおりだった。


お正月は母校の応援です！　ゴールでスカーレットカラーを待ちます。トップでゴールテープを！


この手の発信文の常なのだろうが、内容は漠としている。これでは応援に行くのが駅伝大会なのかどうかも不明だ。

雨宮大臣は東大卒。大学院は美竹大。箱根駅伝に出場する母校ならば美竹大だと分かる。美竹大のチームカラーは鮮やかな赤、スカーレットだ。しかし、そのゴールが往路・芦ノ湖なのか復路・大手町なのかは判然としない。

このあたり、大臣は脇が甘いようで注意深くもある。もし狙撃者がこの情報を拠《よ》り所として大臣を狙うのなら、両日の配置とならざるをえない。しかしそこまでするだろうか。暗闇から矢を射るような輩ならば他に手段を、とも思えるのだった。


記者会見を終わらせ、雨宮は執務室に戻った。湊が大臣の前に立って先導する。他の二人は大臣の後ろに付く。

雨宮大臣は部屋に入るまでは無言だった。ドアを開けると、「ごくろうさま」と振り返って言った。だが湊のみが「ちょっと、入って」と部屋に招かれた。

雨宮はデスクに座ると上目遣いにほほ笑んだ。

「肩に力を入れ過ぎたみたい。脂っこいもの、食べたくなったたな。付き合ってくれる？」

湊は即座にうなずいた。午後2時過ぎだ。虎《とら》ノ門《もん》にある大臣お気に入りの中華料理店だと直感した。「ここのフカヒレを食べると、その冬は絶対に風邪ひかないの」と笑う雨宮の顔を湊は思い出していた。

この場合の要請は警護なのか遅い昼食の誘いなのか、難しいところだ。たとえば大臣が関係者を伴って入店する場合、ＳＰは店先に立って警護に当たる。過去に、同じ店に行ったときには卓をともにさせてもらえなかった。

そんなことを湊が考えていると、

「フカヒレ食べましょう。あれは二人前からなの。フカヒレ食べて、くよくよせず。私が考えたコピー。なかなかでしょ？」

雨宮が微笑んでいる。

6

湊一馬は日本を代表するゴーリィだった。

ゴーリィ。アイスホッケーのゴールキーパーの別称である。関係者やファンは敬意を表してそう呼ぶ。ゴールを死守する苛酷《かこく》なポジションだ。

警視庁に入る前、湊一馬は「ミスター・ゴーリィ」と呼ばれていた。

湊は北海道釧路《くしろ》市で生まれ育った。地元の大手製紙会社に勤める父と小学校教員の母。姉が一人いた。

湊は幼い頃からアイススケートに興じた。釧路は雪は降るものの、根雪になりにくく、池に厚い氷が張る。子供たちが目を輝かせるような遊び場となる。

冬場には小学校の体育の授業でもスケートをやる。幼少期から湊のスケートセンスは図抜けていて、小学4年生のときには学校で一番のスピードを誇った。

自然とアイスホッケーに興味が向いた。父の勤め先には強豪実業団チームがあり、家族で試合観戦に行った。母も姉もアイスホッケーのファンだった。

小学校高学年でそのジュニアチームに入ると、ゴーリィの英才教育を受けた。当初、湊は落胆した。スケーティングのスピードを活《い》かして相手ゴールにパックを叩《たた》きこみたかった。ゴーリィにスピードはさほど必要ない。自分の特性が活きないと思ったのである。ところが湊にはスピード以上の才能があった。

アイスホッケーのゲーム展開は速い。味方のシュートを相手キーパーが阻止。その1秒後には自陣ゴールにパックが飛んでくる。このスピード感には比類がなく、同じようにゴールを奪い合うサッカーにはないものだし、スピーディと言われるバスケットボールでさえもアイスホッケーにはかなわない。

湊は硬いパックに自らの顔を当てていく。物が飛んでくれば避《よ》けるのが人間の本能だが、湊は両目の間でパックを迎え撃とうとする。コーチたちはそれを「勇気」と讃《たた》えた。猛練習でその特性に磨きをかけ、中学生のときには道東代表、高校では日本代表にまで成長した。

ゴーリィの苛酷さは専門用語にも表れている。攻撃側がフリーでシュートを打つような場面を「1－0」という。シューターとゴーリィの1対1の勝負なのに「1－

0」。そのくらいに得点必至。そんな場面でもゴーリィはゴールを死守しなければいけない。

　さらに激突は茶飯事。厳ついギアをまとった相手選手がノーブレーキでつっこんでくる。シュートを打った勢いで容赦なく激突してくる。相手はゴールネットと同じくゴーリィを狙ってくる。ゴーリィが吹っ飛ばされてしまえばゴールはがら空き。ゴーリィは激突に屈せず、黒いパックだけに意識を向ける。

　高校3年生のときのことだった。アイスホッケー部のメンバーと町場の中華料理屋で食事をしていると、酔漢に絡まれた。ガキどもうるさいという理由だった。相手にしないでいると、酔漢は無視されたと激高してビール瓶を振り上げた。それが部員の頭に振り下ろされる瞬間、湊が頭で迎撃したのである。酔漢は湊の頭突きの迫力に気《け》圧《お》されて尻《しり》もちをついてしまった。

　その豪胆振りも業界中に広がり、強豪大学や実業団からのオファーが湊の下に殺到した。

　しかし、ゴーリィを続けない選択をした。道警に勤務していた叔父《おじ》の勧めで警視庁へ。機動隊への配属となった。第九機動隊。隊そのものがアメリカンフットボールのチームになっている。湊にとっては未知のスポーツだったが、当たりの強さと勘の良さでディフェンスの中心選手となる。「護《まも》る」ことが湊一馬の人生となった。新たなスポーツへの順応も早く、「桜田門の守備隊長」などとスポーツ紙にも書かれる名選手となったのだった。

湊の守備センスの卓越さから、日本有数の企業チームより誘いがあった。ヘッドハンティングの理由もいわば先見の明。「ウチの会長の私設SPを務めてもらいたい。アメリカのシークレットサービスだ」。プラス、アメフト部員としての活動。給料は現状の倍は出すという。

そのオファーこそが岐路となった。

湊が上司にその旨を報告すると、機動隊長は「その手があったか」と、湊を警護課へ推薦したのである。湊は地方公務員の給料にとくに不満もなく、そのまま警護課への異動を受け入れた。SP湊の誕生である。

ゴールが要人だとしたら――まさにゴーリィとSPの役割は同じである。だから湊の経歴ほど、SPに向いているものもない。

雨宮佐知子も湊の能力を高く買っていた。

2年前の春。湊は初めて雨宮の警護に付いた。

雨宮の地盤である神奈川県横浜《よこはま》市の駅前広場での応援遊説。舞台に雨宮が立った。

そのとき、なにかが飛んできた。ビール缶。湊は横っ飛びして宙の缶に頭突きをかました。缶には半分ほど中身が入っていて、大臣の顔を直撃すればただではすまなかった。受け身を取った湊は素早く観衆の中に走り、50代男性を確保した。

物が飛んできたとき、普通は頭よりも先に手が出る。そこを雨宮に問われると湊はゴーリィの経験を話した。その来歴も雨宮は大いに気に入り、以降は必ず湊を指名するようになる。湊は同僚からサッチー番と呼ばれることになった。

ただし――。

雨宮の警護には、困惑することも多かった。

同じような遊説の場面で、また物が飛んできた。半分ほど中身の入った茶のペットボトルだ。湊はそれを同じようにして頭で弾《はじ》いた。投げつけたのは雨宮の秘書だった。なんということか、雨宮の自作自演である。

「迎撃ミサイルのようなすばらしいヘディング、あれをもう一度見たくて」

雨宮はキラキラと輝くような瞳《ひとみ》で微笑む。タチの悪い抜き打ちの実地訓練。湊の血圧は急上昇したものの、雨宮の顔を見るとその怒りも霧散してしまう。そしてそんな抜き打ち訓練が半年に一度の割で行われた。

ＳＰの職務は「終わってみれば何事もなく無事」が圧倒的だ。緊張感を高めていても、どこかで慣れてしまう。１００点ではなく70点。慢心こそが大敵。抜き打ち訓練は有効なのだ。雨宮に鍛えられたのだと湊は思う。

雨宮佐知子には憎めないところがある。それは——姉のせいかもしれないと湊は思うのだった。

姉は交通事故で亡くなった。湊が高校生のときだ。背が高く活発で、幼い頃の湊は姉の気まぐれに振り回されていた。姉のたわいのない嘘を本気にした弟があれこれと右往左往する。そのたびに湊は泣きじゃくるのだが、不思議と両親は姉を叱らなかった。

それどころか、「一馬、今のお姉ちゃんの言うこと、ホントかウソか？」などと笑うのである。

雨宮佐知子の、どこか児戯の香りのする大きな瞳に、湊は姉の横顔を重ねることがあった。

7

千葉県の海浜幕張《かいひんまくはり》のホールを雨宮大臣が訪れる。滞在時間25分。登壇して5分ほどスピーチをする。

湊は背筋に力をこめた。

太陽光発電のソーラーパネル展示会である。

主催はタレスコーポレーション。雨宮大臣はタレスから政治献金を受けていた。水《み》田《ず》昭太郎《しょうたろう》会長は横浜市出身。雨宮大臣とは初当選以前からの長い付き合いである。

タレスは環境問題への意識が高く、そのアプローチは国の内外から絶賛されている。特に途上国への支援。安全な水を供給するシステムを世界で初めて実用化し、高い評価を得ていた。環境大臣との蜜月《みつげつ》は、いわば米と味噌《みそ》、刺身と醤油《しょうゆ》のように親和性の高いものだ。

水田昭太郎は濃いブルーのスーツを着て笑顔を浮かべている。展示パネルは海と水をモチーフにした色が多く使われていて、水田会長はそこに溶け込むように目立たず、関係者に頭を下げている。意図的に表に立たないように努めているようにも見えた。齢《よわい》70。太い眉《まゆ》と大きな目、中肉中背で白髪をきれいに撫《な》でつけてはいるが、とりわけ目立つ容姿ではない。だが威圧感は隠せるものではなかった。湊は水田会長の立ち姿に瞠目《どうもく》した。視線が下がらず、それでいて胸を張り過ぎるわけでもない。武道家のような自然体。湊が見ても、成功者のオーラがあると分かる。

展示会の主役は社長の水田和正《かずまさ》。水田会長の長男だ。社長はひょろりと痩《や》せている。長身のせいか背が丸まっていて、会長と比べると脆弱《ぜいじゃく》な姿勢だった。

湊はレインボウカラーのネクタイを締めて会場に先乗りした。

厳重なセキュリティチェックがほどこされ、入場者の手荷物検査も入念である。会場入りする人々の流れを確認する。開場前の会場に不審者はいなかった。賊が紛れ込むのなら、顔を見れば即座にそれと分かる。その微《かす》かな殺気すら湊は感じることができた。

他のＳＰとともに雨宮大臣が到着した。

地下駐車場から会場の通用口までに人気はない。大臣が人々に姿を晒《さら》すのは会場にいるときだけ。もっとも危ないのは10センチほどの高さに立ってマイクを握る挨拶《あいさつ》時だが、そのときには湊らが大臣を取り囲み、不意の接触を完全に不可能とする。また高い位置からの狙撃《そげき》にも備えてパネルで死角を作る。

雨宮大臣が入場する。通用口の内側で待機していた湊も合流する。上下紺のスーツ。控えめな色彩の服装ではあるが、巨大な体育館のような殺風景な会場がぱっと華やかになるようだった。黒スーツに黒鞄《かばん》の男に囲まれた紺のスーツは目立たない。保護色にもなる大臣の服装は警護課の要望でもあった。それでも雨宮佐知子の白く華やかな顔は隠しようがない。そして、黒と紺の引き締まった色彩の中では湊のネクタイもよく目立っていた。

「こら、雨宮！」

２階席の隅から男の怒号が飛んできた。黒い帽子を被《かぶ》った40代前半の男。湊を除くＳＰは男と大臣を結ぶ線に素早く移動した。そのうちの一人はさりげなく２階席へ向かった。
　湊はじっと男を凝視した。
　殺気はない。
「雨宮ふざけるな！　駅伝潰《つぶ》しやがって！　とっとと失《う》せろ！」
だみ声は大臣の耳にも届いているはずだが、雨宮は頬を上げて微笑んだままである。
男の姿が消えた。ＳＰが注意喚起したのだろう。どんなにひどい言葉を放っても、
声は凶器にはならない。
　雨宮大臣が笑顔を振りまき登壇した。一礼してマイクの前に立つ。
　スピーチ時間は５分。
「環境大臣の雨宮でございます」
　いつもの声で話し始めた。会場の空気が一瞬で変わる。声こそ上がらないものの
「待ってました」の雰囲気がただよう。そのくらいに雨宮佐知子の声には張りがあり、
加えて人懐っこい愛嬌《あいきょう》があった。
　そのときだ。
　ぞっとするような悪寒が湊の背を走った。
　湊は動いた。
　防弾用黒鞄を広げて大臣の前に走った。

その瞬間、破裂音！
鞄越しに鋭い衝撃。
ＳＰたちが大臣に覆いかぶさる。
「狙撃！」と誰かが叫んだ。
壇上の全員が伏せた。
もう一発。湊の腹にきた。それでも湊は大臣に覆いかぶさる。
「大臣！」
他のＳＰの声がする。返事はない。
三の矢は来ない。
ならば大臣を抱えて会場から去るの一手だ。
場内は騒然としている。
うずくまる雨宮佐知子の身体が痙攣《けいれん》している。その白い首筋に赤い血が。
二発目は湊の脇腹をかすめた。痛みは感じない。
「大臣！　雨宮大臣！」
他のＳＰか秘書か。その絶叫を湊は耳の奥で聞いた。

8

雨宮大臣はドクターヘリで緊急搬送された。

一命をとりとめたものの、面会謝絶の重体。

大臣暗殺未遂――。

凶弾は雨宮大臣の顎《あご》に当たった。

跳弾だ。

湊の鞄に着弾し、跳ね返って雨宮大臣を掠《かす》めた弾。防禦《ぼうぎょ》の壁が仇《あだ》となる、最悪の事態だ。

0点。初めての0点。それまでの実績を一瞬で無にする0点だ。

だが――。

このことにより世論の潮目が変わった。

それまで、雨宮大臣はサンドバッグ状態。正月の駅伝大会を潰し、「日本国民の敵」などとも言われていた。ただでさえ支持率の低迷していた現政権に、最大級のダメージを与えた。閣僚ではもっとも好感度の高かった雨宮環境相への国民の失望である。

現政権は保たないと公然と囁《ささや》かれるほどだった。

それが一転、マスコミは雨宮の安否を気遣い、「テロリスト憎し！」に変わったのだった。

雨宮の顔に着弾し、薔薇《ばら》のような美貌《びぼう》が砕け散ったのである。「小田原箱根駅伝を潰したバチだ」などといった心無い中傷も少なからずあったものの、同情票と応援票が溢《あふ》れ出し、反雨宮の空気は睦月《むつき》の乾いた空に霧散した。

60代の国際ジャーナリストは「中国マフィアの仕業だ」とネット記事を配信した。「親中派で知られる雨宮大臣の暗殺未遂について、米中が対立する台湾《たいわん》有事が深く関係していることは想像に難くない。

雨宮大臣は環境問題などの協力もあって中国との連携を密にしていた。だから普通に考えれば中国から狙われるという仮説は筋違いなわけだが……。

ところが日中の関係はそれほど単純なものではない。

『政界風見鶏《かざみどり》』とも揶揄《やゆ》された大臣の政治家歴を振り返ってみると情景は一変するはず。仮に大臣がなんらかの意図をもって米国に寝返ったとすれば？　こちらで与えたエサを敵国の器で食べるような裏切り。これを中国が許さないとする仮説には一定の信憑性《しんぴょうせい》がないだろうか。近親感情は容易に憎悪に転じるのである。

正月の事件のとき、私はアメリカの仕業だと信じて疑わなかった。雨宮大臣は嫌米だから狙われて当然。だが頭を冷やして考えれば、アメリカがスポーツイベントを潰すようなことをするとは考えにくい。アメリカこそが、戦後の日本をスポーツを推進することによって復興してきたのである。

以上を勘案すれば、正月の狙撃はおそらく警告だったのだろう。しかしその後の大臣の行動を見ると、そんな警告などまるで意に介していなかった。そして今回の惨劇が起こってしまった。そう私は見ている」

警視庁も揺れに揺れた。

SPの大失態と叩《たた》かれた。

「あの派手なネクタイのSPのせいだ」などという声も当然のごとく上がった。よりによってなぜあんなネクタイを、との批判である。その湊の流儀があってこそ大臣は直接の被弾を免れた可能性もある。しかし運が悪く、結果的に大臣の顔に着弾してしまった。

結果がすべてだ。

0点だ。

アイスホッケーの試合ならば——自らのフェイスマスクでパックを受けながらも、パックは自陣のゴールネットを揺らしてしまった。

9

湊も病院に押し込められた。

一発目の弾は湊の左脇腹をかすめてはいたが、防弾チョッキ着用のおかげで出血はなく、全治2週間と診断された。今の湊にとっては、こんなものは痛くも痒《かゆ》くもない。

だが胸が張り裂けるようだった。気持ちが粉々に砕け散っている。

治療箇所ではない首筋に攣《つ》ったような感覚が居座っている。軽いむち打ち症。狙撃《そげき》の瞬間、極度の緊張が首筋に走ったためだろうと医師は言う。だが軽微で幸いだったと。湊は「軽微」を「警備」と聞き違えて息を呑《の》みこんだ。

狙撃から2日。未《いま》だに雨宮大臣の安否は漏れてこない。

あのとき湊は「一命は取り留めた」と感じた。その感触は正しかった。だが――警護課にすらなんの音沙汰《おとさた》もない。命を懸けて大臣を護《まも》ったのに。たとえ0点だったとしても、その答案用紙は返却されないままなのだ。

自分の生業《なりわい》って何だ。そう思わずにはいられない。

分不相応な個室。湊は半ば茫然自失《ぼうぜんじしつ》で病室のベッドに横たわり、深呼吸を繰り返し、吐く息に意識を集中して頭の中をなだめた。

しかし、だめだった。

こうして仰向《あおむ》けで天井を見ていると、やりきれない衝動が全身に襲ってくる。後悔と憤怒。無力感。

もし自分が刑事ならば——そう湊は思う。ここで四肢を伸ばしてはいない。捜査に加わり全力で狙撃犯に迫る。だが自分にはそれが叶《かな》わない。ただ要人を護ることが職務なのである。

「このやろう！」

湊は天井に向けて叫んだ。声が掠れて弱々しく、その無様さが情けない。力のない痛罵《つうば》がそのまま湊の顔に落ちてくる。

早い夕食が出た。力を落としてはならぬ一心で食べ切った。明日《あした》には復帰する。そう思い定め、咀嚼《そしゃく》に集中した。


ネット情報などに振り回されず身体を休めることに専念しろ。上原からそう厳命されたものの、湊はパソコンの画面に向き合った。雨宮大臣狙撃に関して目をそむけず、すべてを読み通す意気だ。

ネットは雨宮大臣暗殺に関することであふれかえっていた。

中国とアメリカの対立といった大きなものから、雨宮佐知子の幼少時代のエピソードまで。

中国は狙撃事件について遺憾の意を示し、大臣の安否を気遣った。

雨宮佐知子が親中派であることは知られている。しかも、中国はタレスコーポレーションとのリレーションも強い。ここ数年のタレスの中国進出は目覚ましいものだった。中国はソーラーパネルの展開を国を挙げて歓迎したのだった。

さらに中国は、例によってアメリカを責めた。彼《か》の国には「言わずもがな」というメンタルはないのである。

「われわれの良き友人、そして良き理解者、雨宮佐知子大臣の命を軽視する行動は決して許されるものではない」

暗殺者をアメリカだと断じたのである。

「雨宮氏は環境大臣として活躍しているが、その役職に留《とど》まらない広い見識と人脈によって、我が国と日本との貿易の橋渡しをしてくれた。さらに、我が国の水問題にも協力を惜しまなかった。汚れた水を浄化するプラントの技術を着実に推し進めたのは雨宮大臣の最大の功績だ。だから、彼女にもしものことがあれば、地球の環境問題にとっての大損失となるだろう。そんな彼女の命を狙う輩《やから》とは？　それは世界の環境問題に一貫して背を向けてきた自分勝手な大国に他ならない。環境問題で先を行く我が国と、その協力者の雨宮大臣を疎ましく思った。そこでキーマンの雨宮大臣に揺さぶりをかけたのではないか」

　こういった中国の発言に対して、虹丘美彩《にじおかみさ》という国際ジャーナリストが解説していた。虹丘は雨宮大臣狙撃事件の背景には米中の対立がある、と断じる。

「今、台湾を巡って米中のきな臭い対立がある。いわゆる『新冷戦』である。GDP世界第1位と第2位の覇権争いだ。

　軍事力と経済力を背景に、覇権を握りたい中国。彼らはその意欲を隠すことなく世界中に発信している。

　まず香港《ホンコン》で国家安全維持法を施行し、民主派への抑圧を強化した。香港は欧米にとってアジアとの経済の窓口。その行為はアメリカへの挑戦とも受け取れる。だが中国から見れば香港は国家の一部。「一つの中国」の下で取られた強硬策だとも言える。その一方で、アメリカをリーダーとした国際社会からの反応を探った側面もありそうだった。

　だがそれでも、米中の全面対決に突入し、数年のうちに戦火を交える可能性は低い。台湾有事について、実際に中国が軍事侵攻することは考えにくい。主戦場は中国本土から見て沿海部正面。そこに米国が乗り込んでくるとすれば、中国に利は薄い。

　かつての米ソの冷戦時には、米ソ以外の国は大国どちらかに付かねばならなかった。選ばなかった大国とは敵対する覚悟が必要だった。しかし今は違う。日本を含めた各国は米中双方から恩恵を受けている。

中国の台頭は経済のグローバル化に支えられている。しかしそれは、第二次世界大戦後の国際秩序の下で米国が主導してきたものだ。

だが中国経済の飛躍によって、アメリカが単独で中国を抑え込む姿勢に翳《かげ》りが生じた。そこでアメリカの同盟国との連携をもって、中国に対抗しようというわけである。

アメリカは米英豪の新軍事同盟「オーカス」、日米豪印の経済安保中心「クアッド」など、広域的な対中同盟を再編している。「中国に対して妥協しない」というアメリカの強烈な決意表明でもある。

中国は中国で、台湾を巡る振る舞いにまるで無反省。アメリカ流の資本主義を模倣、導入して経済大国にのし上がったにも拘《かか》わらず、経済のバブルが弾《はじ》けるとアメリカのせいにする。

いうまでもなく日本はアメリカの同盟国。その日本の閣僚が中国に寄り添うことを、アメリカは当然良しとしない。中国にも「ジャブを放ってアメリカの様子を見る」という得意技があるように、アメリカにも常套《じょうとう》手段がある。抹殺である。不都合なものは消す。事象であろうと、そして人間であろうと。

だから雨宮環境大臣はアメリカに狙われた——そんなロジックも浮き上がってくるのだ」

大国対立が事件の背景にあるという記事の他にも、さまざまな情報が溢《あふ》れている。ネットには雨宮佐知子の花のような笑顔が散らばっている。どの写真も目鼻立ちがはっきりとして、改めて見ても美しい。メディアは雨宮の映像や写真を取り上げれば、悲哀とテロへの憤りに華やかさを添えることになる。

そして——SP湊一馬も取り上げられていた。

比率にすれば雨宮佐知子の30分の1程度。「現在は謹慎中」とある。

匿名性を保証されるはずのSPの氏名経歴が公表され、高校時代の写真まで掲載された。ゴーリィの活躍を報じられたのには湊も胸を突かれた。

記事を書いたのはスポーツジャーナリストの藤崎貴恵《ふじさききえ》。懐かしい名前に触れ、湊は息を吐いた。

高校生の頃に取材を受けたことがある。彼女は当時アイスホッケー専門誌の編集部員。東京から釧路に何度も足を運ぶ熱心な記者だった。

「彼がSPだと知り、適材適所とはこのことだと思った。彼ほどこの任務に相応《ふさわ》しい人間もいない。危機察知能力では日本のプレーヤーでは歴代で一番。コンマ1秒で最良の判断ができる。恐怖心を払拭《ふっしょく》する勇気もすばらしい。タフでクール。泣き言など一切言わない。世界にも通用するゴーリィだった。それなのに、なぜスティックを置いて引退したのか、どこでなにをしていたのか。長らくの謎だったが、この事件で湊一馬のことを知り、それが氷解した」

彼女は事件には門外漢。だから湊のことを褒め讃《たた》えた。

藤崎貴恵は大手製紙会社経営者の孫で、アイスホッケー業界の後援者の血筋にある。練習後、湊はたびたび夕食をご馳走《ちそう》になった。金銭の援助を含めて、個人マネージャーを引き受けるとまで言った。湊が18歳、藤崎23歳のときだった。

ロシア人のテニスプレーヤーのようなはっきりとした顔立ちで色気があった。彼女のくせなのか、話すときにじっと目を見つめるのだが、湊はこの視線を受け止められない。飛んでくるパックから顔をそむけることは決してないのに、女性に見つめられるとまるでダメだっだ。

そしてある寒い夜。彼女の泊まるホテルのレストランで夕食をともにしたあと、そのまま部屋へ招かれたのだった。

湊は高校卒業後の進路に悩んでいた。ゴーリィを続けるには有力大学に進むか実業団チームに入るか。藤崎は実業団入りを熱心に勧めた。あくまで目標はNHL。世界最高の舞台に日本人ゴーリィを立たせたいのだ。藤崎はアメリカへの留学経験もあり語学堪能《たんのう》、折衝にも強く、渡米後の面倒を見るとまで申し出た。

ところが湊は警視庁に入庁した。厳しい規律に身を置き、自分の持つ才能を、スポーツゲームではなく国家や国民のために役立てたいと思った。氷上ではない新しい風景を見たかった。

その選択に藤崎は眉《まゆ》を吊《つ》り上げて湊をなじった。湊はそのころ、彼女と同い年の姉を事故で亡くしていた。気まぐれで嘘つきで、なにか不満があると屈強な弟に八つ当たりする。そんな姉のことを湊は嫌いではなかった。だからなのか、年上の女性に振り回されても動じない。藤崎にいくらなじられても「警察に入って社会に貢献したい」と頭を下げるばかりだった。ついに藤崎は「この、意気地なし！」と叫んで湊の頬に平手打ちを寄越《よこ》したのである。

そんな思い出が病室の天井のスクリーンによみがえってくる。

そして藤崎は記事の最後に平手打ち以上の衝撃を置いた。

「彼は凶弾を自ら受けた。すばらしい勇気に感服する。しかし、その弾は逸《そ》れて大臣の顔に……。ゴーリィに当たったパックがゴールに入ってしまったのだ。ゴーリィにとっては致命的ミスである」

自分が感じたことそのまま。酷な記事を目に入れてしまった。今まで自分を支えていたゴーリィという土台を崩されたような気持ちになった。

他にも目を引く記事があった。

小田原箱根駅伝の中止を受けて、諸々《もろもろ》の経済効果の損失が取りざたされた。試算によればおよそ100億円。中でも総合優勝したチームとスポンサー契約をしているスポーツメーカーは60億円の経済効果があったはずだという。

特にランナーが履くシューズ。これの一般への波及効果は計り知れない。

ところが、シューズのスポンサー契約ということになると、ここ数年で様相が変わりつつあるという。多くの大学が特定のメーカーとは契約を結んでいない。かつてはそういった有力大学ばかりだった。その必要がなくなったのである。

正月2日の往路の映像を見ると、それぞれの色合いはまちまちではあるものの、多くの大学チームが同じメーカーのシューズを履いていた。

『クァイ』というメーカーのシューズ。「K」を流線形にデザインしたロゴがシューズ側面にあり、そのくらいは湊も目にしたことがある。

特殊ソールを使った厚底が特徴で、足腰に負担をかけずにスピードが出る。ドイツ製。しかし中国との共同開発で、特殊ソールの技術は中国の研究機関に拠《よ》るところが大きいという。先の五輪大会の男女マラソンでも有力選手が軒並み履いていて、男子マラソンでは金銀銅メダルを獲《と》った選手の足元には『クァイ』があった。コンマ1秒の差で勝負が決まる陸上競技ではシューズの良し悪しは最重要だ。以降、陸上競技選手はもちろん市民ランナーにまで爆発的に普及した。

ある週刊誌の記事は、芦ノ湖狙撃《そげき》事件での『クァイ』の経済的損失についてレポートした。実際は損失どころではなく、駅伝の復路が消滅したものの、むしろ宣伝効果は高まったのではという。そのシューズを履いていた美竹大がぶっちぎりで往路記録(幻となったが)を出したことが大きい。

『クァイ』の登場前はどうだったのだろう。2年前まではアメリカ製メーカーの独占市場。そのときには「K」のロゴは影も形もなかった。湊が高校生のとき、みなの足元には揃ってアメリカ製のシューズがあった。

そういえば、と湊は思い出す。芦ノ湖の雨宮のワンボックスカーにあったスニーカーにも「K」のロゴがあった。

10

湊は日がな一日ネット情報を読み込んでいった。

米中の対立に触れる記事は星の数ほどあったが、虹丘美彩というジャーナリストがたびたび登場する。

湊はこの鮮やかな名前に目を留めた。なにかが引っかかる。これまで、彼女のことを湊は知らなかった。

来歴を探れば本名は松岡《まつおか》美彩。同い年、北海道釧路市出身。

松岡美彩――。

湊は思わず立ち上がり、机の縁に膝《ひざ》を痛打した。

美彩だ。

黒々としていた湊の胸に一点の陽が差すような――釧路の濃霧が風向きによって徐々に流れていくような、そんな浮き立つような感情。これを湊は久しぶりに胸に覚えた。

あの美彩が国際ジャーナリストとして活躍している。

さもありなんと納得し、誇らしげな気持ちになった。

美彩とは市立中学で2年、3年と同じクラス。3年時には机が隣り。美彩は道立トップの高校へ進学し、その後のことを湊は知らなかった。

東京大学から外務省に入り、30歳前に退職。与党からの出馬要請もあったと書いてある。

画像を見れば、中学のときの面影をそのままに、長所を存分に伸ばしている。女優顔負けの目鼻立ち、モデル並みのスタイルの良さ。そのせいかテレビ出演も多いらしかった。また女子アナウンサーに劣らぬ滑舌の良さも備えている。今はユーチューブに自らのチャンネルを立ち上げて配信。27歳のときに俳優と結婚したが、すぐに離婚していた。フリーランサーとなってから「虹丘」をペンネームとしている。

頑張っているな、と湊は何度もうなずいた。

苗字《みょうじ》が変わったとはいえ、なぜ今まで気づかなかったのだろう。公務に忙殺されて国際情勢に無関心だったことが情けない。自分の勘ばたらきはその程度かとも思うのだった。

釧路の中学時代。学年の男子のほとんどが美彩のことを気にしていた。一番成績の良い男子は野球部のエースピッチャーで、眉の濃い好男子だった。そのエースも美彩を好きだった。そんな男子たちの気持ちは湊には見れば分かった。美彩とエースはお似合いのカップルに思えたが、なぜだか湊には嫉妬《しっと》の気持ちが湧かない。美彩のことを深く愛しているのは自分だと思っていて、妙な自信が腹にあったのである。それでもアクションなどを起こせない。ただただ好きなだけ。3年時、席が隣りになった幸運に湊は感謝した。手の届くくらい近いところで授業を受けられるだけで良かった。

風が冷たくなりはじめた9月のことだ。授業が終わり放課後になると、決まって胸が騒いだ。美彩に危機が迫っている。そんな漠然とした不安である。湊は当時から自分の勘を看過することができなかった。

それで部活動が終わり、美彩の後をつけることにした。家の方角は正反対だったが、美彩が暴漢に襲われたときに助けなければと考えたのである。具体的な策謀を耳にしたわけではないものの、とにかく美彩が誰かに狙われていると思い込んだ。武器は竹刀。アイスホッケーのギアはリンクのロッカーに置いてあり、竹刀を剣道部の友達から借りて背負った。尾行などではなく肩を並べて歩けば良いとも思うわけだが、それは「君のことが好き」と告白するに等しい。中学生の湊にそんなことはできるわけもなかった。

気づかれないよう50メートル距離を置いて尾行した。何かがあればなんとかできる間合いだ。だが、湊は美彩の紺の制服の背中を見つめ続けるだけで、何事も起こらない。そうしていつも庭の広い一軒家の玄関ドアに美彩が消えるのを確認して踵《きびす》を返し、全力で自宅まで走った。これが冬まで続き、嫌な予感が消えた時点で湊の尾行は終わったのだった。

美彩に会いたい。

郷愁からだけではない。美彩と話すことで今の状況をなにかしら打開できる――そんな予感がした。それが急激に膨らみ、会わずにはいられないと思い定めるようになった。

美彩のホームページに講演依頼のフォームがあり、湊はそこにアクセスした。

「突然に申し訳ありません。釧路市立鶴岡《つるおか》中学で同じクラスだった湊一馬です。お元気に躍動されていますね。記事を拝読しています。ご活躍を嬉《うれ》しく思っています。

わたしは警視庁に勤務しています。

唐突なお願いですが、お会いする時間をいただけませんか。

中学卒業以来15年振りでしょうか。懐かしさもあるのですが、松岡さんのお知恵を拝借したいという意図もあるのです。今、米中関係が絡んでいると思われる事件に関わっていまして、悪戦苦闘しています。

勝手なことばかりを書き連ねました。もちろんこの文面、無視されても結構です。益々のご活躍を願っております。」

すると、30分後に湊の携帯電話が鳴ったのである。

15年振りに聞く美彩の声だった。丁寧な言葉遣いだが声の調子が弾んでいた。美彩は湊の現状を詳しく知っていた。すぐに電話する気になったのは、ちょうど湊に会いたかったからだと美彩は言った。社交辞令に違いないのだろうが、美彩の言葉に装いの色はない。目覚ましいスピード感に湊は感謝し、自分の勘が間違っていなかったことに満足した。

美彩の事務所は虎ノ門にあり、ときおり皇居ランニングをするという。明日《あした》の午後3時、馬場先門《ばばさきもん》で落ち合う約束をした。

この展開の速さに、久しぶりに湊の意気が揚がった。身勝手だが、すぐに美彩に会えるような気もしていたのだった。

美彩は長身を弾ませるようにして再会を喜んだ。上下真っ白のウインドブレーカーをまとい、スポーツサングラスをかけてグリーンのキャップを深くかぶっていた。このいでたちならば目立たないのだろうが、スタイルの良さは隠せない。ちなみに足元には「クァイ」。グリーン地にオレンジの「K」。どこか柿を思わせる配色だ。

美彩は事件のことをよく知っていた。

「SPの名前が公表されて驚きました。ずっとアイスホッケーを続けていると思っていたから」

さすがに美彩の言葉遣いは洗練されていて、そんなあたりまえのことに湊は感心した。地元特有の柔らかいイントネーションも消えている。中学のときと同じ調子というわけにはいかない。湊も背筋を伸ばした。

二人は柳の下のベンチに腰を下ろした。

「他人行儀な話し方だったね。せっかく湊君と再会できたんだから。中学校のときと同じでいいわね」

急激なギアチェンジに戸惑ったものの、湊は笑顔で何度もうなずいた。

美彩はサングラスを外してキャップの上に載せ、大きな瞳《ひとみ》を湊に向けた。なぜだか唇が尖《とが》っている。

「なんで急に連絡をくれる気になったの？」

「それがその……昨日、急に思いついたんだ」

「なんで今まで、連絡をくれなかったの？」

「正直に言うと、テレビに出てることさえ知らなくて」

「もっと前よ。高校時代。私、湊君の試合、ずいぶん応援に行ったのよ」

「それは嬉しいな。あのころは練習に無我夢中でさ」

湊は嘘をついた。激しいドリルの最中、美彩に励まされる自分をいつも思い描いていた。

「テレビも見てないって、ひどいんじゃない？　自画自賛だけど、好感度ナンバーワンのコメンテーターなのに」

美彩が頬をあげて笑う。湊もその表情を真似るようにして微笑んだ。

「忙しい中、ありがとう」

「大臣暗殺未遂事件のキーマンからの申し出を蹴《け》ったら、ジャーナリストじゃないもの。不謹慎だけど、あの二つの事件のおかげで、湊君の経歴が分かった。湊君らしい、ハードでディフェンシブなカッコいい人生を送ってるのね」

「カッコいいもんか。めちゃくちゃに凹《へこ》んでる。それでね。松岡さんに教えてほしいことがあるんだ」

湊は大きな瞳を見据えて話し始めた。

雨宮大臣暗殺未遂事件の背景には米中の対立関係がある。タレスコーポレーションの水田昭太郎会長の存在も無視できない。それらの関係性が、捜査権のない湊には皆目つかめない。そのことも胸の燻《くすぶ》りの一因になっている。中学時代の友人にレクチャーを受け、自分の頭で事件の構造を見直したかった。

美彩はじっと湊の目を見つめ、うなずくばかりだった。湊も瞬《まばた》きすらせず、まるで恋人同士の語らいのようである。

「だいたいのこと、分かった」

美彩が口を開いた。

「湊君って、競馬やる？」

「全然。ギャンブル全般に疎い」

「分かるように言うね。米中はイッタイイッタの競馬をやってるの」

「イッタイッタ？」

「強い馬が2頭いて、スタートからずっと2頭が抜けて、後続を大きく引き離す展開。これがイッタイイッタ」

「それが米中なんだね」

「そのとおり。米中の共通の思惑は、ゴールまで2国で競うこと。他国を完全に骨抜きにしておく。そのために協力し合っているフシもあるんだな。もちろん、最後はどちらも先にゴールインしたいわけだけど」

「じゃあ、今の、米中のさまざまな対立は？」

「鍔迫《つばぜ》り合い。でも相手に決定的なブレーキをかけるようなことはしない。本気で牽《けん》制《せい》し合って両国のスピードが落ち、後続に追いつかれたらソンだと分かってる」

「対立はポーズ……」

「そうとも言い切れないんだけど。対立のニュースばかりが目立つ反面、米中間の貿易額は史上最高。絶好調の活況なの。仲が悪いと見せてコミュニケーション取りまくり。だまされちゃいけないのよ」

「そこに、水田会長はどう絡んでくるんだろう」

うん、と美彩はひとつうなずき、目線を強くした。

「会長は分かりやすく反米、親中。でも、こういう人こそ一筋縄じゃいかないケースも多いの。傑物であることに間違いはないけど」

「松岡さんは、芦ノ湖の事件をどう思う？」

美彩の強い目線が少しだけ弛《ゆる》んだ。口元も弛む。

「その松岡さんってやめてもらえる？　中学時代と同じ呼び名にして。こうして湊君と話す時間は、私にとってオアシス。釧路の空気を感じさせてほしいのよ」

中学時代の呼び名は「美彩」。女子たちがそう呼び、湊ら男子もそれに倣った。湊は男子からは「一馬」、女子からは「湊君」と呼ばれていた。

「分かった。で、事件について、どう思う？」

「親中派の雨宮大臣を狙った。シンプルに考えれば米の仕業ってことだけど。誰かが書いていたけど、中国の自作自演ということも十分にある。現に大臣は無傷だったでしょう。命を狙うのに、足元なんて撃つかしら。幕張の件も同じ。SPを狙ってるでしょう。……その張本人とこうして喋《しゃべ》れるなんて、なんかすごいこと。で、張本人はどう思ってるの」

「そのイッタイッタみたいに。本気じゃない気もする」

「でも結果はどっちも大ごと。後続をさらに引き離す凶弾なのかも」

美彩が左手首のスポーツウオッチに目をやった。多忙なのだろう。そろそろ切り上げどきである。これだけ話せれば十分だと湊は思い、頭を下げた。

「そういえば、湊君ってどっち派？」

腰を上げようとしたとき、美彩の言葉が湊を引き留めた。

「アメリカのスポーツをやってきたから……やっぱり親米かな」

「ごめん、言葉が足りなかった。米中じゃなくて、柔道剣道。湊君の会社って、どっちか必修なんでしょ」

「そっちか。何にしても対立するもんだな」

湊は微笑んで大きな瞳を見つめた。自分の目も喜んでいると思う。

「柔道。高卒から始めて3段だよ」

「剣道じゃないのね」

「スティックなしでやりたかったんだ」

「剣道派なら、全日本クラスの名剣士になったんじゃない？」

「それほど甘いもんじゃない。ウチの会社、すごい剣士揃いなんだよ。それにオレ、メンをよけずに受けちゃうから。ものにならないよ」

「湊君が竹刀を持つ姿も、見たかったな」

美彩がうふふと笑った。

11

手と顔を洗って病室にもどると、肩幅の広い厳《いか》つい身体をした男がパイプ椅子に座っている。背筋を伸ばして礼儀正しい居住まいだが、不機嫌そうなオーラを放っている。

「重病人が出歩くか。でもまあ、お前がじっと寝てるはずもないか」

男は湊を見てすっと立ち上がった。

相沢丈夫《あいざわたけお》。捜査一課の刑事である。

「こっちのセリフだ。こんなところに顔を出す暇なんてあるのか」

湊がそう言うと、相沢は不機嫌の気配を畳み、目線を柔らかくして微笑んだ。

「ごあいさつだな。だが安心した。ちっとも凹んだ様子がない」

湊は内心で苦笑した。少し前ならば自分の印象も違っただろう。美彩と話ができたから胸の靄《もや》が晴れ、気持ちが前を向くようになった。

「だいじょうぶ、こっちに任せろ。必ずスナイパーと黒幕をとっ捕まえる」

相沢は何度もうなずきながらパイプ椅子をベッド脇に寄せて座った。「だいじょうぶ」が相沢の口癖だ。

「ほんとうに、だいじょうぶなんだな」

「だいじょうぶだいじょうぶ、だいじょうぶだよ」

相沢は口癖を繰り返す。湊は頰を上げた。それが聞きたくて湊はわざと問いを放ったのだった。

湊とは警察学校の同期。相沢は四歳上。二人は学校卒業後、第九機動隊に入隊した。

「ナイスタイミング。オレのほうも、話したいことがあったんだ」

湊は言った。

「でも相沢が帳場にいるとは限らん。正月の事件の事情聴取のとき、ガン無視されたぜ。オレは身内だぞ。秘密主義もほどほどにしろよ」

「そいつは失礼した。で？」

「まず芦ノ湖の件。手回しが良すぎないか」

「大臣も記者会見で言ってたな。でもプロなら、半日あれば準備できる」

「大臣の動きを知っていたのは誰だ」

「お前と、あとは甥《おい》の生島。これ以上は言えない」

相沢の言葉に湊は頬を上げた。

「なにをもったいぶってる。美竹大の監督も知ってたよな。ゴール前に立つことを許可したんだから」

「おいおい。オレはこんなところで湊に聴取されるのか。……つまり、案外多いってことだ。彼女が芦ノ湖のゴールに立つことを知っていた人間は」

美竹大の監督に話を通している以上、陸連や主催者の耳に入る可能性もある。監督と仲の良い関係者にも「大臣の気まぐれに困ってる」などと漏らしていたかもしれない。監督は誰に喋ったのか、帳場ではその事情聴取を終えているのだろう。

「狙いは分かるんだ」

湊は続けた。

「駅伝ゴールは場所が固定されている。運営がシステマチックで各人の動きもある程度予想できる。トップランナーがゴールインする時間もほぼ予測できる。トップでゴールした瞬間、祝砲のピストル音が空に響き渡る。絶好のカモフラージュだ。なによりオバケ視聴率のテレビ中継のインパクトも絶大だ。だがそれは諸刃《もろは》の剣だ。そこかしこに映像の証拠も残る。テレビ局のヘリだって飛んでる。逃走経路を考えても道は一本だ。安全とはいえない」

「襲撃を芦ノ湖に定めた点が気にいらないのか。でもオレなら芦ノ湖で狙うだろうな。こういっちゃなんだが、あっちは県警マターだ。大手町とは緊張感が全然違う。それに、復路では美竹大は順位を下げるだろう。途中棄権の可能性だってある。トップでゴールテープを切らなきゃ大臣が出てくる意味はない。やるなら往路だ」

「大臣が芦ノ湖に来なかったらどうする」

「東京に帰り、翌日の大手町に備える。時間は十分にある」

「オプション攻撃か」

湊の言葉に、相沢はふっと笑顔を見せた。

第九機動隊は所属全体がアメリカンフットボールチームであり、相沢は攻撃の司令塔・クォーターバックを務めていた。オプション攻撃とは、守備陣の出方を見て瞬時に攻撃方向を変更する高度なプレーだ。相沢はオプションプレーの名手だった。

「大手町でもダメなら、駅伝での狙撃《そげき》は諦《あきら》める。現に狙撃は失敗し、そして千葉の事件が起きた」

「そこなんだ。千葉では殺気を感じた。でも芦ノ湖にはなかった」

「お前の勘が働かなかった。それがおかしいってわけか」

湊は静かにうなずいた。

「的は彼女じゃない、と」

相沢の問いに、湊は黙った。

「だが彼女は撃たれた。……最初のは警告。フェイクか」

「そう思ったよ。だけどそれにしても殺気がなかった」

「分からねえな。フェイクだから、殺気がなかったんじゃないのか」

「フェイクなら、大臣を狙う理由はない。狙うならオレだ」

「そりゃそうだな」

「その可能性、帳場では考えてないのか」

「そいつは言えねえな」

相沢は目をつぶって黙った。

こんな会話でも、相沢は帳場の情報を漏らさない。それでも態度は嘘をつかない。同じ機動隊でずっと同じ釜《かま》のメシを食ってきた仲だ。

相沢とは今でこそ遠慮なしに言葉を交わせる。だが入庁当初はこんな間柄になるとは思いもしなかった。湊のどこが気にいらないのか、相沢に目の敵にされたのである。任務では上官の命令が絶対なので、相沢が湊に絡んでくるのはアメフトチームの練習のときだった。

相沢は攻撃側の司令塔、クォーターバック。大学でも鳴らした名選手だ。湊は守備側の要《かなめ》、ラインバッカー。攻守が対峙《たいじ》するときに、ちょうど顔を見合うようになる。守備側は相手のプレーに反応して攻撃を食い止める。だからもっぱら攻撃側に主導権がある。相沢はいつでも湊を狙うプレーを仕掛けてきた。通常、攻撃側のプレーヤーは1対1で守備側と戦うのだが、相沢は二人、ときには三人がかりで湊を攻めた。狙うというより潰《つぶ》す意図だ。

ところが、湊はびくともしない。三人がかりのブロックを食らっても一歩も引かない。攻撃側は湊に三人分の戦力を割いているので、他の守備陣への抑えが手薄になり、すぐにボールキャリアが包囲されてしまう。こうなると攻撃陣の完敗である。

そこで相沢は湊を攻めると見せかけるフェイクプレーを試みるのだが、これを湊はいとも簡単に見破り、ボールキャリアの走路に立ちふさがるのだった。

湊がやってきたのはアイスホッケーだ。昨日今日アメフトを始めたシロウトに、ここまで手玉に取られることが相沢には悔しくて仕方がなかった。相沢は高校と大学の

7年間、アメフトに心血を注いできたのだ。

しかし何をやっても湊には通用しなかった。そしてついに相沢は白旗を上げた。

「トリプルブロックをものともしない。お前の強さは認める。でも、湊の守備範囲を避けたプレーに、なぜあれだけ早く反応できるんだ」

「さあ。身体が勝手に動くんです」

「攻撃地点を読んでるってことか」

「そういうわけじゃなくて。気づいたら、攻撃地点に走ってるんです」

「それはオレのせいか。気配が読まれているのか」

「相沢さんの気配というより……オフェンス全体の殺気というのか。どこを狙ってくるのかが伝わってくるというのか」

「じゃあフェイクプレーはどうなる。あれはディフェンスを騙《だま》すためのプレーだぞ。言っちゃなんだが、オレはフェイクの名手だ」

「自分の経験が浅いせいでしょうか。逆にフェイクに反応しないのかもしれません」

「実は……そういうことも見越して、フェイクのフェイクをやったこともあった。でもお前は引っかからない」

「フェイクのフェイクですか」

「ランプレーのフェイクを入れてショートパス。味方にはそうコールしておき、投げないで自分で走った。味方をも騙すプレーだ。それなのに、お前は待ち構えたようにオレに強烈なタックルをかましやがった」

「そんなこともありましたっけ」

「お前と話してると、オレのアメフト人生が全否定されたような気がしてくる」

「そんなことありません。相沢さんは素晴らしいクォーターバックですよ」

「お前、アメフトやってて、面白いか」

「めちゃくちゃに面白いです。愉《たの》しくてしかたがない」

「アイスホッケーと、どっちが愉しい？」

「どうでしょう。スケートシューズとスティックがないぶん、アメフトのほうがすっきりしてます。自分はゴーリィだったから、ギアがかさばって仕方がなかった。その点、アメフトはずいぶんラクです。身体が軽いです」

「そういうことじゃなくて、プレーの違いのことだ」

「スピード感はアイスホッケーのほうが。それに慣れているせいか、アメフトの動きは、ときどきスローモーションのようにも感じます」

ひょうひょうとした湊の物言いに腹を立てる気力も失《う》せ、相沢は笑いながら涙を流した。世の中には天才がいる。そして湊を見る相沢の視線から棘《とげ》が消えた。同時に湊の言葉からも丁寧語が消えた。ボクサーが死力を尽くしてフルラウンド闘い、双方ダウンせず、最後に抱き合う場面に似ていると湊は思ったものである。

相沢の態度を見れば、湊の仮説は帳場内では俎上《そじょう》にも載せられていないと分かる。狙撃の標的は一貫して雨宮佐知子大臣。捜査本部の方針に揺らぎはないのだった。

相沢は「だいじょうぶ、まかせとけ」と言い残して病室から去った。

12

首筋の攣《つ》りも消えた。ただし頭だけは重い。昼食を食べずに皇居周囲を走ってみた。軽く2周。汗は出たものの、頭は重いままだった。

翌日も同じ調子で走った。目線を上げながら4周した。皇居の空は電線もビル群もなにもなく、ただただ広いばかりである。

昼食を摂《と》らないぶん、朝食を多めにした。

その翌日は8周。午後いっぱい時間を使った。息を弾ませると少しだけ胸が空《す》いてきた。

走りながら湊は考えた。

今、捜査権のない自分にできることはなんだ。

自分の役割は凶行を未然に防ぐことだ。

黒幕の計画は完了したのか？

もし三の矢が放たれるとしたら――。それを阻止することこそが、自分の役割ではないのか。

そう思い定めて竹橋《たけばし》で足を止め、靖国《やすくに》神社まで歩いた。北西に坂を登れば病院である。いくぶん頭の重さが薄れていることに湊は気づいた。

朝が辛《つら》い。湊は再び鬱々《うつうつ》とくすぶっていた。

気持ちに折り合いがつかない。夜にぼんやりと意識が薄れて、このまま目が覚めなければいいとさえ思うこともあった。

だが退院日の明け方。夢なのか目覚めた直後の意識なのか分からないが、湊の頭に真っ白なアイスホッケーリンクが出てきた。

「一馬！」

高校時代のアイスホッケー部の監督だ。顔中が髭《ひげ》だらけの小太りの監督。スティックを器用に操り宙で手招きをしている。

「氷に降りてこいや！　スティックを置いて上がったせいだ。だから勘が鈍ったんだ」

髭面が笑う。アイスホッケー選手の引退を「上がる」と言う。陸《おか》に上がる。

ベッドを出て、病室のカーテンを開けた。どんよりと鉛色の空。アイスホッケーリンクの密度のある白に似た色だ。

不思議だった。ここ数年、監督のことなど一切頭に浮かばなかった。「上がる」という業界の隠語も久しく耳にしていない。それなのに、なぜ。

美彩に会い、故郷の匂いを思い出したからか――。

そこからの動きは速かった。

身体はもうなんともない。退院手続きを済ませて独身寮へ戻り、押し入れの奥からバッグを引っ張り出した。押し入れの半分を占領するような黒い大型のバッグ。キャスターが付いている。

このバッグに――。水入りのペットボトルをいくつも詰めて50キロにし、担いで遠くへ走る練習を繰り返したものだった。雨宮佐知子を抱きかかえて速く走るシミュレーション。それが芦ノ湖の事件で活《い》きたとは。

湊の腹の底に火が付いた。

夜の9時、東京都西東京市東伏見《ひがしふしみ》のアイスアリーナ。大学アイスホッケー部の練習に参加する。

スケートリンクはその時間まで一般開放していて、大学の練習は夜半に行われるのである。その夜は2時間ごとの3部制。3組目のチームは午前3時過ぎに練習を終える。

湊は練習参加の許可を得た。

協会に練習に加わりたい旨を告げると、二つ返事で歓迎された。どのチームも部員は4学年合わせて二十名足らず。特にゴーリィは人材不足だ。そんな学生たちに元高校日本代表選手が稽古《けいこ》をつけてくれる。湊は3チームの練習にぶっ続けで参加した。どのチームの選手もコーチも、キラキラとした目で湊を見つめた。

ゴーリィ・スーツの久しぶりの装着に手間取ったものの、半時間もすれば勘が戻った。

学生たちにどんどんシュートを打たせた。6時間休みなし。無茶苦茶な被弾である。そのただ一つのパックもゴールネットを揺らせなかった。

練習が終わると疲労困憊《こんぱい》。しかしずいぶんと気は晴れた。

アイスホッケーの練習は音がいい。氷をスケートが駆ける音。シャッと氷が削れる音。スティックがパックを打つ小気味好《よ》い音。氷上に響くホイッスル。選手たちの声掛けも、リンクにこだまして清々《すがすが》しい。この音を、湊は久しぶりに耳にしたのだった。

1チーム目と2チーム目が居残りで練習を見学していた。午前3時を回った時、3チームの学生とコーチが揃って湊に頭を下げ、飛び入りのゴーリィに敬意を表した。

総勢五十名が自分を見て微笑んでいる。

湊の胸は感涙に溢《あふ》れそうだったが、同時に涙も出ないくらいに疲労していた。湊は頬を弛《ゆる》めて頭を下げるばかりだ。

ふと学生たちの足元に目をやれば、みながスケートシューズからカジュアルなスニーカーに履き替えている。「K」のロゴのジョギングシューズが多い。「クァイ」だ。走ることが専門ではない彼らにも浸透している。そのことを湊が学生に訊《たず》ねた。

「みんな履いてるし、安いし」という頼りない返答。そんなものなのだろう。さらに突っ込んで聞けば、「膝《ひざ》や足首に負担がかからず、速く走れる」とのことだった。「今までのジョギングシューズとは、全然違う」と言う学生もいた。リンクに降りる時間が少ないアイスホッケー選手は陸上トレーニングで走り込む。競技の特性上、短い距離のダッシュをひたすら繰り返す。湊の高校時代には——部員たちの足元の多くはアメリカ製のシューズだった。スポーツ競技でのシューズやウエアなどの流行は正直でスピーディだ。評判を聞けばアスリートたちは試し、それが良いとなれば瞬く間に浸透する。特にタイムが明確になる陸上競技では顕著である。シューズの優劣がはっきりしていれば、優れた方を選ぶに決まっている。

正月の芦ノ湖の光景を思い出す。美竹大の陸上部員の足元は揃ってクァイだった。赤地に金色の「K」。クァイには多くのカラーバリエーションがあり、それも人気の理由のようだった。中でも美竹大カラーは良い色合いだと思ったものである。

湊は目線を上げて、学生たちに微笑んだ。今夜も同じ3チームのシフトで練習があるという。

「じゃあ、ロッカーにギアを置いておいていいですか。今夜もやりましょう」

そう湊が言うと、全員が目を丸くした。

13

シャワーを浴びてアリーナを出ると外は薄暗い。

湊の携帯電話が鳴った。

雨宮大臣の甥《おい》、生島耕太だった。湊を独身寮まで送るという。計ったようなタイミングでの着信。湊の特別練習のことをどこでどう嗅《か》ぎつけたのか。だが徹夜で体力を使い切った身にはありがたい申し出だ。生島は公安にいたという噂もある。自分のことを多くは語らないが、雨宮佐知子大臣に降りかかる面倒な案件を一手に引き受けてきたらしい。雨宮とは血縁はなく、大臣の兄の妻の連れ子だという。

5分後に生島は黒いワンボックスカーでやってきた。

湊は頭を下げて助手席に乗り込んだ。いつもならば雨宮佐知子が座る場所だ。

「湊君も、無事でよかった」

車を走らせ、生島は言った。白いワイシャツ姿だがボタンを留めずに着こなしはラフ。いつでも笑っているような軽妙な喋《しゃべ》り方をする。売れているお笑い芸人のように陽気で頭の回転が早い。こういう男が雨宮大臣はお気に入りなんだろうと思う。

「ネエさんの容体、外に漏れないだろ。命を懸けて彼女を守った湊君にさえ。そりゃないよな。だから教えにきた」

湊は頭を下げるばかりだ。くたくたに疲れているのに胸がぽっと熱くなり、背筋が伸びる思いだった。

「だいじょうぶ。顎《あご》に傷が残る程度。女性にとっては一大事だけど、あの人は特別だから。玉に瑕《きず》ってことで。自分もそう言ってる。普通、本人は言わないセリフだよな。元気いっぱいだよ」

「ほんとうですか」

「ちっともめげてない。食べるときにちょっと不自由するけど、点滴じゃなくてちゃんと食べてるよ。当たり場所も良かった。あの位置なら、スカーフで隠せるし」

湊は顎を動かさずにじっと黙った。雨宮佐知子らしいポジティブシンキング。彼女のタフさに湊は感謝した。

「でも、表向きは重体」

生島は前を向きながら左目をつぶった。

ピンチをチャンスに変える。入院を機にじっと身を低くして周囲の状況を見る。そして最善手を繰り出す。彼女の脳細胞は勇躍している。雨宮大臣らしい権謀術数なのだろう。

湊は右手の甲で額の汗をぬぐった。そして目をつぶって自分の胸中を覗《のぞ》き込んだ。安堵《あんど》の気持ち。それは雨宮佐知子を心から慮《おもんぱか》ったものなのか。それとも、自分の悔恨の念が少しだけ軽くなったせいなのか。

「湊君に御礼を言いたいって」

「会わせる顔、ありません」

「そんなことはないさ。さっき言ったこと、ちっとも盛ってないから。でもまあ、渦中の二人が会うってのは、さすがに今はムリだよな」

「早く大臣を警護したいです」

「ネエさんも、そう願ってる」

「私の身体はもうなんともありません。ですが気持ちが。やりきれなさで爆発しそうです」

「ひょっとして、雨宮番から外されるなんて思ってる？」

湊は返事を呑《の》みこんだ。その考えは不思議となかった。だが、警護課の命が下れば、それには従わざるをえない。

「今回のことで、課は君を外そうとするかもしれない。でもネエさんがそれを許さない。そのくらい君は信頼されてる。だからまあ、焦りなさんな」

「ありがとうございます」

夜明け前だというのに青梅《おうめ》街道の上り車線は混んでいる。話す時間はたっぷりとありそうだった。生島の軽妙でいながら情味に溢れる言葉に湊の胸は熱くなった。その勢いもあり、こう切り出したのである。

「タレスの水田会長です。会長を警護したいんです。本来の職務ではないのですが、大臣マターで、なんとかなりませんか」

生島は「ほう」とつぶやいて首を左右に揺らした。

「それ、上から降りてきた？」

「自分の考えです。敵の狙いはタレスのように思えてならないんです」

「湊君の勘？」

はい、と湊はうなずいた。生島も満足気にうなずく。

「いい勘してる。その会長のところに、脅迫状が来たってさ」

湊は思わず運転席を見た。その瞬間、「うっ！」と唸《うな》ってしまった。全身に激痛。徹夜でパックを浴び続けた軋《きし》みがまとめて襲ってきた。雨宮佐知子の無事に安堵したせいもあるに違いなかった。それまで湊の身体と心を支えていたアドレナリンがどこかへ抜けたのである。

「驚くほどでもないさ。水田会長、敵が多いから。あの人も豪胆だから、そんなことはいちいち気にしない。でも今回のネエさんの件ではさすがに凹《へこ》んでる。事情聴取も受けたようだしね」

「どんな脅迫でしょう」

「あまり中国とつるむなよ、ってことだろうね」

「アメリカですね」

「シンプルに考えればね。タレスもネエさんも、中国寄りだし」

台湾有事を巡り、米中は緊張状態にある。たしかにアメリカのやり方にも焦りが見える。しかしだからといって、中国寄りの日本の閣僚を狙うものだろうか。しかも執《しつ》拗《よう》に。

「でもな。芦ノ湖の件。駅伝がぶっ潰《つぶ》れただろ。ああいうこと、アメさんはやらないようにも思えるんだよね。スポーツ大好きだし」

湊はうなずき、美彩の書いた記事を思い出した。

戦後、戦勝国のアメリカは日本に対して3S政策を敷いたと言われている。スポーツ、スクリーン、セックス。それぞれの産業に力を入れさせ、日本人を夢中にさせる。そうすることで敗戦の燻《くすぶ》りを消し、そして政治への意識を希薄にする。時の大統領・

トルーマン曰《いわ》く、「猿どもに政治参加させないため」と。

アメリカがもし黒幕ならば、日本人が熱狂する正月の学生駅伝を潰すはずもない。そうシンプルに思える。もちろん今は昭和でなく令和の時代。「正月の風物詩を踏みにじった巨悪に断固抗議を！」などというデモも起こらない。かの政策は図に当たり、日本人はすっかり骨抜きにされてしまったのだ。日本人のスポーツ熱を構築したのはアメリカの政策であることに間違いはない。

湊は内心で苦笑せざるを得なかった。これまでの自分もたっぷりスポーツに時間を使ってきた。アイスホッケー、アメリカンフットボール。いずれもアメリカ産である。どちらもサッカーのように世界的に浸透しているわけではなく、ほぼアメリカ大陸限定で盛り上がっていると言ってもいい。

「あれで、どのくらいの経済損失があったか。試算ではざっと100億円だってさ。スポーツイベントで一番儲《もう》かるのはアメリカだろ。復路が消えて、アメさんだって損してるんだよ」

「どこかの評論家が『中国の仕業』などと書いていましたね。あれもヘンな話です」

「アメリカのリークだよね。アメさんがどう関わっているかは知らないけど、疑惑を向けられるのはアメリカだから、先手を打った。そういうことなら、やりそうだよ」

「国民の怒りはテロリストではなく、雨宮大臣に向かいました。これもヘンな話です。

日本人のメンタルはどこかおかしい」

「そうなんだ。もしアメさんの仕業だとしたら、雨宮を悪者にすることで大成功だったはず。内閣支持率も落ちて政権も揺らいでるし。でも二の矢のせいで、雨宮擁護に風向きが変わった。世論は『テロリスト憎し』だ」

湊も同じことを考えた。芦ノ湖と幕張の狙撃《そげき》は標的は同じだったものの、その思惑は異なるのではないか。

「ネエさんが心配しているのは自分のことじゃない。水田会長と、湊君だ」

湊は黙って頭を下げた。頭を少しでも動かすと全身に痛みが走る。

自分のことはさておき、タレスの水田昭太郎は米中関係のキーパーソン、ということである。

「SP湊一馬の勘か。じゃあ聞くよ。正月の芦ノ湖。偶然オレも現場に居合わせたけどさ。アレ、どう思うの？」

「正直、分かりません。雨宮大臣を狙う殺気を、自分は感じることができませんでした」

「しかたないさ。君には情報も入ってこないだろうし」

「結果的に駅伝は中止です。それが目的なのか、とも思いました」

「美竹大のアンカー、清水翔。覚えてるだろ」

「もちろんです。彼も気の毒な被害者ですから」

「彼、水田昭太郎の孫だ」

息を呑んだ拍子に、また全身が軋んだ。

あのアンカーが水田会長の孫――。

「知らなかったのか」

「知りませんでした」

「ムリもない。君は刑事じゃないからな」

「不明を恥じます」

「清水はそのことを特に吹聴《ふいちょう》してない。そりゃ監督は知ってるだろうけど。同僚は知らないと思うよ。世間的にはほとんど知られてない。姓が違うのは会長の長女の子供だから。清水の父親は亡くなってる」

「……狙われたのは清水翔」

「そういうことなら、湊君の胸も晴れるだろう。標的は大臣じゃないんだから。ただし、依然として謎は残る。じゃあなぜ、ネエさんを撃ったのか」

湊の頭が目まぐるしく回転している。

スナイパーはゴールインする清水翔を狙うはずだった。そこに雨宮佐知子が出てきた。狙撃手にとって予期せぬことだったに違いない。

そこで急遽《きゅうきょ》、標的を変えた——とは考えられないか。

それこそ、アメリカンフットボールのオプション攻撃だ。

目的は「水田会長への脅迫」。要求を呑《の》まなければ大事な孫を狙う。そういうことなのではないか。

清水翔は今後の大会に出場する機会も多い。いつでも狙うことができる。いわば誘拐をしない人質である。

湊は行き先を桜田門に変更してもらった。

湊は自分の机で仮眠をとり、出社してきた上原に談判した。すると「その前に環境省へ行け」と上原は言った。

14

環境省、大臣執務室。

幕張の現場には三人の秘書がいた。とうに捜査本部の聴取は終えている。その秘書が湊を呼びつけたのだった。

雨宮大臣と秘書との関係は良好だった。一般に、女性の大臣に付く男性秘書は長続きしないという。たとえ威嚇されたりしないまでも、細かく指図されることに嫌気がさすらしい。「女に威張られるのは御免だ」という屈折した男のプライドのせいなのかもしれない。その点、雨宮は秘書や官僚に怒鳴り散らすことは皆無として知られている。

執務室では秘書官の川村孝一《かわむらこういち》が眉間《みけん》に皺《しわ》を寄せて待っていた。応接机を隔てて座る。狙撃事件以来の再会である。

あのときの雨宮陣営はSP四名と秘書ら三名。警備員の立ちはだかる通用口から会場入りしている。そこにセキュリティチェックはなかった。

川村孝一、和泉誠二《いずみせいじ》、勝又俊太郎《かつまたしゅんたろう》。いずれも実直、有能な秘書だ。

川村は65歳、環境庁（当時）出身の元官僚で、環境問題のスペシャリストである。小柄で痩《や》せていて頼りない風貌《ふうぼう》に見えるが、雨宮の全幅の信頼を得ている。

和泉は57歳。こちらは農水省の官僚上がりだ。環境と農作物の関係は深く濃く、多岐にわたるアプローチからアイディアが泉のように湧く。

勝又は30歳。湊と同い年の若手秘書である。

「湊さん、このたびはほんとうにご苦労さまでした」

川村が頭を下げた。湊も腰を折る。湊が頭を上げると、まだ川村は頭を下げている。薄くなった後頭部がじっとして動かない。

川村とは湊も何度も顔を合わせている。ただし話すこともなかった。

ようやく、川村が頭を上げた。眼鏡の奥の小さな目が揺れている。川村は小柄でやせてはいるが、いつでも胸を張って目線をまっすぐ向けてきた。だが今はしょぼくれた老人の顔である。一連の事件の心労が祟《たた》ったに違いなかった。

「用件のみで失礼いたします。雨宮、依然として厳しい状況なのですが、なんとか一命だけは」

湊はうなずいて川村の目を見据えた。弱々しい目線がすっと逸《そ》れる。

「護《まも》っていただいた皆様に連絡が遅れましたこと、なにとぞご寛恕《かんじょ》ください。なにしろ混乱の極みでして」

「お察しいたします」

「この件、極秘事項なのです。一言では申せぬ事情がございます。ですが雨宮の強い要望で御知らせしろと。自分を護ってくれた警護課にだけは、安否を伝えろとのことでした」

呼びつけられた理由が分かり、湊は応接椅子に座りなおした。すでに生田耕太からリアルな話を聞いている。

「ですので、雨宮の安否につきましては、なにとぞご内密に。同様に傷を負ってしまわれた湊さんのみに御知らせしろ、とのことです」

「それは身に余る光栄です。しかしなぜ、御無事を公表しないのでしょう。いまや国民の最大の関心事です。国民を安心させてあげたいところです」

湊は承知のうえで聞いた。

雨宮は様子を窺《うかが》っている。

転んでもただでは起きず、自らを襲った災厄をプラスに転じようとしている。

現に世論の風向きは百八十度変わり、雨宮大臣に同情的な流れとなっている。生死の境をさまよう時間が長いと思わせるほうが効果的との判断なのかもしれない。

「なにぶん本人の意向でして。わたくしどもも、湊さんのおっしゃるとおりだと考えておるのですが」

用件はこれで終《しま》いだった。これだけのために早朝に呼びつけられたわけだが、極秘事項を明かすという恩着せがましさも気にならない。何もかもをすでに知っている優越感が湊にはある。存外に早く話が終わったのもありがたかった。川村の全身には辛気臭さがまとわりついていて、5分も向き合えば負のオーラに感染してしまうような嫌な気分がした。

朝日の中、省を出て桜田門までの短い道を歩く。背後に気配がした。

「湊さん」

そう声をかけられた。振り返れば、勝又俊太郎が大きな身体を折り畳むようにして頭を下げている。グレーのスーツを窮屈そうに着ている。このあたりを行き交う人間には珍しい大男だ。省庁の門番にもこんな迫力のある男はいない。

「少しお話しさせていただきたいのです。庁まで、ゆっくり歩きましょう」

事情を察し、湊はうなずいた。なにしろ勝又は目立つ。たとえ喫煙所でも警視庁のSPと懇談しているところを知られるのは避けたいのだろう。

「先ほどは失礼しました。川村の態度、いつもとは違ったでしょう。どうか大目に見てください」

「ずいぶんと顔色が悪いようでした」

「あれ以来、すっかり落ち込んでいまして。ロクに物が食べられないみたいなんです」

「その一因は私にもあります」

「あ、いえ。そんなことは」

勝又は大げさに首を横に振った。

勝又は政府系金融機関の勤務を経て大臣秘書となった。環境問題への意識が高く、勉強熱心。強面《こわもて》の容貌魁偉《ようぼうかいい》。ソースのラベルにあるブルドッグのイラストに酷似している。しかしなんといっても目を引くのはその体軀《たいく》だ。身長190センチ。大学ではバスケットボール部で鳴らし、そのときの体重は85キロだったと言うが今は計測不能。150キロ以上はありそうだが、このくらいの巨漢となると湊にも見当もつかない。雨宮大臣出席の会合に帯同すれば、まずSPと間違えられる。だが体重100キロ超えのSPなど一人もいない。しかし険しい顔つきを含めて並みのSP数名分の威圧感がある。これほどの身体の厚みがあれば、要人にとっては歩く弾避《たまよ》けだ。

　ワイシャツの首回りがきつそうで、えんじ色のネクタイが短く見える。ネクタイの結び目がやけに小さいのは、通常の結び方だと丈が足りなくなるからだろう。

　二度目の狙撃《そげき》事件では捜査陣に相当に絞られた。勝又はそう苦笑いを浮かべた。真冬の朝に額に汗を浮かべる様子を見て、湊も内心で息を吐いた。野獣のような顔が笑うと可愛らしく、どこか微笑ましい。

「しかし、しつこいですね、彼らは」

「すみません。事情聴取というのはそういうもので、どうしても失礼な印象を与えてしまうんです」

「仕方のないことなのでしょう。でも、ああいう高圧的な態度を取られますとね」

「高圧的ですよね」

「屈折したコンプレックスでしょうか。普段はこちらに頭が上がらない分、事件となれば捜査権をタテに威張りまくる。そんな印象を受けました」

「勝又さんのように大きい人には、負けてなるものかと構えてしまうのかもしれません。見上げながら話すのも癪《しゃく》に障るでしょうし。聴取の刑事、中肉中背だったんじゃないですか」

「チビですよ。ハゲチビです。まあ、私のほうも、そんな蔑《さげす》みが出てしまったのかもしれません」

「いずれにしても、心を痛めている関係者に対して失礼をしました」

いえいえ、と勝又は大きな身体を折り曲げた。

「しかも、繰り返し繰り返し同じことを。だからなのか、聴かれたこと以外は話したくなくなります。あれは、逆効果ではないですかね」

捜査陣は決して情報を明かさない。たとえ被害者の身内にも。聴取は会話ではなく一方通行だ。

「会場に持ち込んだものを、しつこく聴かれました。凶器のことですか？　と言うと、無視ですよ。流れからいっても当然の質問でしょ？　ガンだけにガン無視です」

勝又は口の端で笑った。

「実は、そのときの勝又さんの反応を見てるんです。銃のことを聴く方が自然で、それがないと捜査員は違和感を覚えます」

「無視しているわけじゃないんですね。聴いておいて無反応。こう言っちゃなんですけど、性格悪くなきゃ刑事は務まりませんね。それでまあ、湊さんにはお話ししようと思って」

勝又の歩みがさらに遅くなった。

「聴取を受けて、銃の持ち込みがポイントということは分かりました。厳しく水際で阻止したはずですから。厳しいチェックから外れるのはわれわれとタレス陣営ですよね。凶悪分子が交じるのならばタレス側のほうだと思いますが、こちらのほうもしっかりと容疑者を潰《つぶ》したいんでしょう。そこで、なんですが」

勝又の大きな顔がこちらを向く。

「大臣のセン、ないでしょうか」

「ブツの持ち込み、ですか」

大きな顔がうなずく。

「まさか」

「大臣ならチェックなしです」

「心当たりでも」

勝又は目をつぶって首を横に振った。

「可能性の問題、ということですか」

「ご承知のとおり、大臣はトラブルがあるとそれをプラスに転じることのできる天才です。火の粉が降りかかりそうになると嬉々《きき》とする。逆境に負けない強靭《きょうじん》なメンタルです。というより、彼女の本性とでも言うのか。トラブルを愉《たの》しんでしまう。よく打たれ強いなどと言いますけど、そもそも打たれた痛みを感じないような。なんと申しますか、まさに政治家向きのメンタルです」

湊はうなずきかけて、思わず顎《あご》を止めた。不用意に首肯してはいけない。

「だから、その……」

「自作自演、ですか」

勝又がかすかにうなずいた。

「いくらなんでも、荒唐無稽《こうとうむけい》に過ぎますすよ」

「ですがあの人なら、とも思えてしまうんです。その思いがどんどん膨らんでしまって。叫び出しそうになります。こんな話、湊さんにしかできません。だから一笑に付されようとも、お耳に入れたかった」

湊は頭を下げた。

「分かりました。省庁間の散歩話ということで。少しだけ仮説に乗りましょう。だとすれば、目的はなんでしょう」

「二度も狙撃のターゲットになった悲劇のヒロイン、ということでしょうか。空前絶後です。政治家は暗殺されかけて一人前、なんてことを言っていたこともありますし」

「テロに屈しない、という強烈なアピールができますね。しかし……」

「まさか自分を狙わせるわけもないでしょうから。ですから、その……。申し訳ないのですが」

勝又が立ち止まり、湊の目をみつめた。

「SPの方は防弾鞄を持っていらっしゃるし。誰かが撃たれなければ、アピールにはなりません」

まさか、と湊は思うのだった。

「すみません。不謹慎極まりないことを申しました。ですが……SPの方への、抜き打ち検査を実施するような大臣ですし」

「あれは児戯の範囲内です。せいぜいビール缶ですよ」

「それにしたって酷《ひど》い話ですよね。度が過ぎやしないかと、さすがの川村も眉《まゆ》をひそめていました。大臣の発想は常人離れしています」

「案外悪くないんですよ。私どもの職務には抜き打ち訓練は有効です。まず何事も起こらないから、どうしたって慢心が出てしまいます」

「そんなこともないとは思いますが。湊さんは別格です。比類のない信頼感があります。ですからその……銃弾をも確実に防いでくれると」

湊は言葉を出さずに足を進めた。桜田門に着いてしまった。勝又は再度深々と一礼して踵《きびす》を返した。朝日の中を巨体に似合わず軽やかに早足で遠ざかった。

雨宮には人を見る目がある。勝又の立ち居を見るといつも湊はそう思う。いつだったか、勝又を「島国には珍しいスケール感のある男性」と評したことがある。雨宮によると、島国の国民は均一化する傾向があり、体格も能力も突出することを嫌うと言うのだった。雨宮は突出した人間が好きなのだ。

湊が雨宮の秘書と話す機会は多くない。だが勝又だけは例外だ。同い年。高卒と大卒の違いはあるものの、ともにアメリカのスポーツの経験者。すぐに馬が合った。自分よりも背の高い男は滅多にいないので、湊が勝又を見上げるようになる。そのときの湊は珍しい物を見るような嬉《うれ》しそうな顔をし、その機嫌の良さが勝又にも伝わるのだった。

勝又はアイスホッケーの競技特性を絶賛したことがあった。

「サッカーをやっていましたが、高校からバスケ部です。アメリカのスポーツの得点方法が気に入って。得点に対する考え方です。彼らの好む試合展開は双方に得点がたくさん入ること。アメフトならば42対41とか。

バスケットもそうですよね。100対96とか。ベースボールはちょっと異質ですが。アメリカ人はオフェンス主義なんですよ。負けた方のファンも盛り上がれます。スタジアムでホットドッグを食ってビールを飲んで、勝っても負けても面白かった、というエンターテインメント性ですね。日本人はそうでもなくて、サッカーでも野球でも、2－1とか、渋い展開が好きなんでしょう。サッカーの応援なんて、ファンは試合中には飲み食いしないじゃないですか。耐えて忍ぶ、手に汗握る、というメンタルですかね。ケチャップとマスタードを手と口の回りにくっつけながら観るのがアメリカンエンターテインメントです。

そこでアイスホッケーです。展開が速い割には得点が入らない。シュートが多いから3－2なんて試合でもアメリカ人は退屈しません。サッカーがアメリカではイマイチ流行《はや》らないのは、展開の遅さです。やっと攻め込めたと思ったらシュートが外れて終わり。これの繰り返しじゃ、アメリカ人はソッポを向く。彼らはとにかく撃つことが好きなんです。

アイスホッケーは1秒あればシュートが打てる。ゴールが狭いから得点は入らなくても、とにかく弾を撃つ。これぞオフェンス主義です。すみません、ゴールが狭いなんて言ってしまった。点が入らないのはゴーリィが頑張るから。アイスホッケーって、ゴーリィの頑張りを愉しむスポーツなんですね」

そのとき、湊は「さすがは政治家秘書、面白い分析だ」と感心したものだった。湊のことを嫌味なく褒めたたえる如才なさもある。

なぜ湊は勝又との話を思い出したのか。

反米・親中の雨宮佐知子も不思議なことにオフェンス主義者である。オフェンス主義者は失点を気にしない。10回中9回失敗しても1回の大成功で良しとする。雨宮が秘書や官僚を叱責《しっせき》しないのもそのためではないかと思える。失点を上回る得点を挙げて、最終的に試合に勝てば良い。メンタルヘルスとしてはオフェンス主義のほうが良さそうである。どうもわれわれ日本人は——失点の原因ばかりに気を取られているようにも思える。秘書と官僚を罵倒《ばとう》する政治家は山ほどいる。

そういう自分はどうだ、と湊は思う。アメリカのスポーツにどっぷりと浸《つ》かってきたくせに、失点ばかりを気にしている。いや、失点だけを気にしている。

アイスホッケーのゲームではゴーリィが無失点に抑えれば負けることはない。「失点して仕方がない」とは決して思えないメンタルが沁《し》み込んでいる。1点差で敗れたときなどは、氷上にのたうち回りたくなる。味方の攻撃が奮起して5－3で勝ったゲームでも、3失点の悔しさに折り合いが付かない。勝ちさえすれば結果オーライという大らかな気持ちには決してなれないのだ。0－0の引き分けのほうがはるかにマシ。チームの勝利よりも自らのプライドを尊ぶ。そんな歪《ゆが》んだメンタルに自分でも呆《あき》れたものである。

SPの仕事はゴーリィの役割そのものだ。1失点すら許されない。要人警護の失点は即ゲームセット。それが現実となってしまった。

いや、まだ試合は終わっていない。

湊は腹に力を込め、本庁の階段を駆け上った。

15

江東《こうとう》区東雲《しののめ》のタレスコーポレーション本社。湊は紺のスーツに赤いネクタイ。ＳＰの正装でやってきた。

水田昭太郎は面会に応じた。会長室には応接ソファーなどなく、秘書もいない。グレーの事務机と、公民館にあるような長テーブルにパイプ椅子。そこに通された湊は肩の力を抜いた。

「雨宮さんのことで凹《へこ》んでいる――というわけでもなさそうですね。全身に力が漲《みなぎ》っているように見えます」

水田はダルマのような顔の目を細めた。その目をじっと見つめ、湊は力強くうなずいて頭を下げた。

「私の警護の旨、聞いています」

水田の口調はおだやかだった。湊はパイプ椅子から腰を上げ、もう一度頭を下げた。そのままでしばらく時間がすぎる。

「どうぞ、座ってください」と声がする。湊はそれに従った。

「私設ＳＰということですね。それは湊さんの申し出だと。なぜ、そう考えたのかな」

「水田会長が危ないのでは、と思いました。SPの勘としか。ただし、現場に居合わせた者の勘です」

「人間の勘は、決して侮れないものです。しかも君は命を懸けた。プロフェッショナルが命を懸けてたどり着いた勘ですね」

湊は頭を下げた。

「そういった勘ですが、後から、その勘を裏付けるような理屈を考えるはずでしょう。それを聞かせてほしい」

「はい。会長と大臣は思想信条を同じくしています。一蓮托生《いちれんたくしょう》と考えました。狙撃《そげき》犯の思惑は分かりませんが、大臣が撃たれた今、狙われるとすれば水田会長だと」

「目星は、ついていますか」

「分かりません」

湊は情報の開示の基準を冷静に線引きしていた。なにもかもをここで明らかにするのは早計にすぎる。

「湊さんは当事者でもある。専門部署との連携もあるはずでしょう」

「残念ながら連携はありません。見事なまでに情報を寄越《よこ》しません。同じ会社なのに。こちらは一方的に聴取を受けるだけです。捜査陣には顔見知りもいるのですが、こちらの疑問には一切答えない。徹底しています」

「しかし同じ人間、同じ会社でしょうし」

湊は表情を悟られないように頭を下げた。

「日本史に残るような重大事件なので、情報管理には普段以上に神経質なのかと」

「私の方はなにも隠すことはない。幕張の件では、私も事情聴取を受けた。私の社のプロジェクトに、雨宮さんにはおいでいただいたわけだし、私も現場にいたし。展示の計画。場所と日時をいつ立案していつ公表したのか。いつ大臣に出席を要請したのか。そのとき誰が誰に要請したのか。大臣側の返事はどうだったか。快諾なのか予定を調整する様子だったのか。ウチの社員の出席や配置は誰がいつ決めたのか。出席者に関して、欠席や代理などのイレギュラーなことはなかったか。それらを聴かれました。事件後の、社員たちの様子も詳しく聴かれた。それはそれぞれの上司に任せました」

「すみません、逆質問のようになってしまいますけれども。会長への聴取は一度きりでしたか」

「一度だけ。3時間くらい、みっちりとね。たしかに一方的だった。あちらの質問にこちらが答えるだけ。私は特に疑問を呈さなかった。余計な時間が惜しい。いち早く犯人を捕まえてほしいですから」

「おっしゃるとおりです。いち早く捕まえなければいけません」

少しの沈黙。会長への訪問客に茶の一つも出ない。だが悪い感じはしなかった。話の邪魔をされたくない。水田会長も同じことを思っているのかもしれない。

「それで、私設SPを買って出たわけですね」

「いてもたってもいられないのです。私にできることは警護だけです。会合など、会長が公に姿をさらすときに帯同させてください」

水田昭太郎は鷹揚《おうよう》に笑った。

「君と居て、退屈することはなさそうだ。出身は？」

「高校まで釧路で、そこから警視庁に入庁しました」

「横浜にゆかりはありますか」

「高校のとき、横浜アリーナでアイスホッケーの試合をしたことがあります」

「中華街、行きましたか」

「はい。代表チームの遠征先だったので。美味《おい》しい店で奮発してもらいました」

「どうでしたか、中華街の雰囲気」

「とても気に入りました。釧路も港町ですが、横浜はまた雰囲気が違いますね。中華街には横浜の海の匂いがします。その後も、何度も行きました。思い出の地です」

「では、そこに常駐してもらいましょう」

思わぬところからパックが飛んできた。アイスホッケーのゲームさながらの展開の速さである。

「私の事業のルーツは横浜でね。知り合いも多い。中華街のビルのオーナーも友達なんです。そこに循環型ビルを作りました」

「循環型ビル、ですか」

「5階建て。1階は売店、中華料理店が2階から4階。5階はオフィス。店ではウチで開発した蓄電池を入れて、水回りも美味しい軟水装置を入れる。屋上にはもちろん太陽光パネル。パネルの下のスペースでは、きくらげを栽培する。きくらげは日陰《ひかげ》のほうがよく育つんです。屋上のプレハブ小屋ではチンゲン菜を作る。出てきたゴミは、ウチで研究している土壌菌を使ってクリーンな肥料にする。それで野菜を育てる。水と電気とゴミ問題と農業生産、全部セットになっています」

「それで循環型なんですね」

「自分たちの事だけじゃない。中華街から出る生ゴミを全部ウチが引き受ける。そして肥料にして還元する。このシステムに感銘を受けた中国人の富裕層が、ビルを丸ごと売ってくれと言ってきました」

「そういったビルを、今後はいくつもお作りになると」

「そういうことです。人の出入りが激しいので、そこの事務所に居てもらえるとありがたい」

「ぜひ、行かせていただきます」

「話が早くていい。私は週の大半は中華街にいます。君の住まいは」

「新宿区《しんじゆく》の百人町《ひやくにんちよう》です」

「西早稲田《にしわせだ》か東新宿が副都心線で繫《つな》がってはいますが。警護ということなら近い方がいい。中華街に部屋を見繕います。警護課への話はこちらで通しておきます」

湊は頭を下げた。

「会長の決断のスピード感、感銘いたしました」

「それほどでもないですよ。前々から君のことは聞いていました。素晴らしいSPだってね」

水田が薄《う》っすらとほほ笑む。

「雨宮さんと話すとき、何度か君が出てきた。大きな目をキラキラ輝かせて、そりゃ嬉《うれ》しそうでね。自慢の甥《おい》っ子《こ》って感じでした」

湊はうなずき、すぐに首を横に振り、それからまたうなずいた。そして鞄《かばん》からレインボウカラーのネクタイを取り出し、「横浜では、こちらを締めていいでしょうか」と聞いた。水田会長は目を細めてうなずいた。

「展示会のときにも、それを締めていましたね。湊さんの御守りなのですね」

「はい。わがままを申してすみません」

「いえいえ。中華街も七色の街です。街にフィットします。こういうところにもご縁があるのかもしれませんね」

湊は頭を下げるばかりだった。

16

水田昭太郎はほとんど感情を顕《あらわ》にしない。いつでも穏やかな表情を崩さずにいた。その水田会長が眉《まゆ》を吊《つ》り上げた。その怒れるダルマのような様を湊は横浜中華街のオフィスで目の当たりにした。

2月の第三週の日曜日。大阪市・長居《ながい》陸上競技場で駅伝大会が行われる。「全国招待大学対抗・男女混合駅伝競走大会」。正月の駅伝大会中止から、初めての駅伝大会となる。

例年、関東の有力大学が10校ほど招待される。美竹大も招待を受けていた。

水田昭太郎会長は大阪へ行く予定を立てていた。タレスコーポレーションが大会協賛しており、会長に特にミッションはないものの、下阪《げはん》して観戦する。

美竹大の1年生、清水翔の応援である。

水田昭太郎と清水翔の関係を、湊は口にしなかった。知らぬふりをして決して触れない。だが、ひょっとして、と思う。湊を大阪に帯同することで、万が一の事態に備えたいのではないか。可愛い孫のために。

ところが。今年の関東からの参加校は9校。早々に美竹大が辞退したのだった。

正月の駅伝大会を潰《つぶ》した自責の念。美竹大には落ち度はないのだが、陸上部監督は部員たちのメンタル面等も勘案して決断したという。

美竹大の不参加を受けて、水田会長が怒りを顕にした。

「なにを腰の引けたことを。毎年学年が変わる学生スポーツは、その瞬間こそが大事なんです。その貴重な機会を、自ら潰すバカがいますか」

そう力を込めて語ったのである。

湊は自分の見当違いを恥じた。美竹大出場辞退の報《しらせ》を聞き、「孫を護るために水田会長が手を回したのでは」と勘ぐったのだ。

撃てるものなら撃ってみろ。暗闇から矢を射る卑怯《ひきょう》者め。水田昭太郎にはそんな豪胆さがある。

この腹の据わりかたはどこから来ている？　湊は横浜の空を見上げてそう思うのだった。

17

水田昭太郎について、美彩が資料を揃えてくれた。

霧笛が聞こえる中華街のワンルームマンションで、湊はそれを読みこんだ。翌朝に本人に会えることを奇妙に思いながらも、その足跡に引き込まれてしまった。

複数ある記事の中で、水田会長が記した『私たちにとっての幸せとは』が特に味わい深い。水田昭太郎の思想が詰まっていて、昭和の空気を人づてにしか知らない湊にも感じ入るところが大きかった。

〇〇〇

日本のような先進国では、「安全で美味しい水」「電気」「ガス」といった基本的ニーズはほぼ満たされています。「必要なのに不足している」という物質的欲求は、もはやほとんどないでしょう。

私が65年間、日本で過ごしてきた日々を振り返ってみます。

物心ついたときには、家にテレビはあったものの、今とは違って白黒テレビ。それが小学校に上がるくらいにカラーテレビに変わった。あの変化には子供心に感動しました。ドラマに出てくる俳優の洋服に色が付くのです。話の内容よりもそのことに驚きました。そういった感慨は私だけのものではなく、おそらく日本人全員に共通するものだったはずです。

洗濯機はありましたが、脱水槽はなく、洗いあがった衣類をローラのようなもので絞っていました。子どもたちはその手伝いをやった。ローラがなくても、子どもが二人がかりで衣類をねじってしぼったものです。だから洗濯機に脱水槽が付いたときにも、画期的発明だと感動しました。

劇的に変わったと言えば、なんといってもトイレです。それまでの汲《く》み取り式には、なにやら恐ろしい雰囲気があり、子ども一人で行くことはとても怖かった。行きたくないから便意や尿意を我慢してしまう。子どもの心身の健康に少なからず悪い影響を及ぼしたはずです。意を決してトイレに入っても、落ち着いて用を足せない。早く済ませないと、あの大きな穴から手が伸びてくる——そんな怪談話もあった。怖くてたまりません。

それが水洗式トイレに変わると、恐怖心はきれいさっぱり消え去った。これはものすごい変化でした。今の水洗式トイレしか知らない世代には、汲み取り式トイレの恐怖感などいくら説明しても理解できないでしょう。

冷蔵庫も冷凍室が分離してツードアになった。居間にエアコンが付いたときには飛び上がって喜んだものです。

数々のイノベーションによって家事労働の時間を短縮でき、ほとんどの日本人が快適な生活を営めるようになったのです。大げさな言い方をすれば「幸せ」を実感できた。そういった幸せへの変化は、私が成人になるころまでに完了しました。

「昭和」とは、まさにそういう時代だったのです。

たしかに「平成」にもイノベーションはありました。ＩＴ革命です。携帯電話やパソコンが急速に普及し、コミュニケーションやビジネスの形態が劇的に変化しました。

しかし、と私は思うのです。

「昭和」の劇的変化のときのように、私たちは例外なく幸せになりましたか？

パソコンや携帯電話は確かに便利なツールです。ですが、それに起因する犯罪も爆発的に増えている。コミュニケーションのスピードは上がったけれども、人が触れ合うようなリアルな関係は薄れていく一方ではないでしょうか。

便利になったことは間違いないけれども、総体として幸せになったのだろうか。特に日本に関して言えば、世知辛くなってしまったような気がしてなりません。

しかし、私たちにはできることがある。世界の途上国に目を向けましょう。日本の

「昭和」の変化と同様の幸せを提供することができるはずです。

アフリカのある地域では、水の出る場所がたったひとつしかなく、そこに半日かけて水を汲みに行く。その仕事は主に子どもや女性が担います。そのせいで彼らの教育を受ける時間が削られてしまう。

タレスの水事業の技術により、そういった地域にも安全で美味《おい》しい飲料水を提供することができる。この変化は、その地域の万人にとっての幸せでしょう。それらの事業を推し進めることにより、世界規模の幸せを作り出す。誰もが幸せになれる変化を作り出す。それが私の仕事への理念なのです。

○○○

この思想が、今の日本の高齢者に諸手《もろて》を挙げて歓迎されたのだ。そう湊は思う。

あの時の感慨をよくぞ端的に表現してくれたと。特に女性に支持されたのではないか。当時主婦だった女性こそが膨大な家事労働から解放され、幸せを実感したのだろう。

そんな全国民的な共通体験は、たしかに今の日本にはないものだ。

雨宮は環境大臣就任前から水田会長から政治献金を受けている。それは公の事実で、水田のほうも雨宮との関係を利用して会社を大きくしていった。政府系金融機関より融資を受けるときにも雨宮との関係は有利に働く。水田と雨宮の親密ぶりを示すような写真は無数にある。それは地方の土地購入の際にも有効となる。明らかな蜜月《みつげつ》関係である。

水田会長は同郷の雨宮佐知子の気っ風を買っていた。気っ風を良しとする根底には、環境問題への憂慮という共通認識がある。

水田昭太郎には一言で括《くく》れぬような人間的な奥行がある。

タレスの業績は絶好調。その事業内容は国の内外で高く評価されている。水田もテレビのワイドショーなどに頻繁にご意見番として出演するせいで、日本国民に顔が売れていた。目鼻が大きく、眉《まゆ》と唇が太い。濃厚な顔立ちで太い声が良く通る。現代では絶滅危惧種《きぐしゅ》とも言われる昭和の頑固親父と言った様相で、しかし怒鳴るようなことはなく、いつでも穏やかな笑顔を浮かべて低く静かに語る。

元々は技術屋である。20代の頃より「水・食・電気」の世界的な普及と見直しに執念を持ち、技術開発に勤《いそ》しんだ。それがＳＤＧｓ《エス・ディー・ジーズ》（サスティナブル・デベロップメント・ゴールズ＝持続可能な開発目標）の理念と合致し、会社は急成長を遂げた。

まず「水」。

水田は積年の研究から高性能の濾過《ろか》膜を開発、海水を飲料水にするシステムを作り上げた。執念のシステム作りだった。

日本のような水の豊かな先進国には馴染《なじ》みの薄い問題だが、世界の貧困国での最大の課題は水の確保である。アフリカ大陸を主とした多くの国では、安全で美味しい飲料水が手に入りにくい。途上国ほど水を求めている。

地球上の水の97・5パーセントが海水だ。だから海水が飲料化できるようになれば、というのが世界中の研究者にとっての夢でもあった。半世紀前には、海水を蒸発させて冷却するというプラントが設計されている。しかし膨大なコストがかかってしまう。水一杯のコストが数千円。安全な水を欲している国は決まって貧しいので、そんな設備は絵に描いた餅《もち》である。

だから「海水は飲めない」と研究者たちはサジを投げた。しかし、水田昭一郎は諦《あきら》めなかった。

技術的には叶《かな》うものの、コスト面で折り合わない。コスト面をどうにかできないか。そこで高性能ポンプの稼働代と、海水を濾過する膜のメンテナンスの費用に徹底的に切り込み、さらに設備の小型化にも成功した。

苦心惨憺《くしんさんたん》の結果、コスト面での折り合いが可能となったのである。

この成功が水田昭太郎の運命を変えた。

水に関する世界の市場規模は110兆円以上。しかし日本でのそれはせいぜい2兆円。その大部分が濾過膜関連だ。日本はどこへ行っても水の豊かな国である。だから水問題にコストをかける発想などなかったのである。

しかし実は日本もたやすく水不足に陥る。日本には災害が多い。地震、台風などの自然災害。大規模な災害が起これば、その地域の水は不足する。そこで被災地の海や川の水が飲料水となれば、水問題は一挙に解決する。この当たりまえのことに、水田は目を付けた。しかも被災地ではどこにでも持ち運べるように、設備の小型化が必須《ひっす》となる。

よって大型トラックで現地入りできる水田の小型プラントが脚光を浴びたのだった。災害が起こると水田自らが陣頭指揮を執ってトラックで現地入りする。現地の水を使って飲料水を供給するのである。

さらに水田は水の質にもこだわった。水田の開発した濾過システムでは、どんなに不純物を含んだ海水でも安全な水にできる。しかしジレンマもあり、海水に含まれる有用なミネラル分なども同時に除去してしまう。安全ではあるものの、その水は美味しくないのだ。

どうせならば美味しい水を。改めて水田はそこに切り込む。そしてイギリスの有力大学の研究チームと提携して低コストのミネラル添加技術を開発した。その大学の研究チームはそれを論文化し発表した。

このことで、水田昭太郎の名声は世界中に広まった。

途上国ほど水を求めている。水田も先の記事で触れていたように、アフリカの途上国では水不足が発展の足かせになってしまっている。ある地域では一か所だけ水の出る場所があり、子どもや女性たちはそこに半日かけて水を汲《く》みに行く。それに割く時間が大きすぎるせいで、勉強や家事などができない。ギリシャの哲学者・タレスは「万物の根源は水である」と言ったが、「万物のトラブルの根源は水不足」というのも間違いのないことなのだった。

また、いまや大国に上りつめた中国ですらも水の問題に悩まされている。北方での干ばつ。比較的降水量の多い南方では河川の水質汚濁。GDP世界2位にのし上がる過程での急速な工業化などのツケは水の問題として回ってくるのである。

それらの水問題を、水田が作り上げたシステムが解決する。タレスコーポレーションと中国の蜜月関係はこうして生まれたのだと湊は思う。

「水」の次は「食」。貧困や被災で困窮している人々に安心で美味しい水が行き渡れば、次に必要なものは「食」である。

水田が開発し、特許を取得した製品に「タレスサーバー」がある。被災時の食と言えば炊き出しが頭に浮かぶが、それの一歩上を行くものだ。盛り付けと調理の簡便性を追求したサーバーである。

ロータリーエンジンと特殊攪拌《かくはん》技術を搭載。スープなどの汁物やカレーやシチューなど、具材と調味料をサーバーに入れるだけで自動調理され、レバーを押すだけで定量のメニューが提供される。調理、加熱、保温といった調理スキルもスペースも要らず、限られた時間と場所で美味しい食事を提供できる。これが被災地で大活躍した。ちなみにタレスサーバーは味の良さと調理システムの容易さから大都市圏での飲食店にも採用されている。調理スキルに乏しいアルバイトでも店を切り盛りすることができ、人件費の節約にもなる。社員食堂や学生食堂、そして介護福祉施設にも多く導入されている。

加えて、水田の功績を不動のものにしたのは太陽光パネルだ。

再生可能エネルギーの捻出《ねんしゅつ》である。いわゆるソーラーパネルはひとつひとつの起電力が小さいために複数を直列に組むことで電圧を上げる。そのシステムの独自構築で、飛躍的なエネルギー捻出を可能にしたのだった。

しかしその実現には広大な土地が要る。日本の地方に3000坪ほどの土地を購入するとなると、そこが森林ならば林地開発許可などの森林法の法規制をクリアしなければならない。このときに、たいていは行政ともめるのである。こういった場合に政治家の顔が利くわけだが、それにしてもパネル設置の実現まで1年くらいかかることもザラだった。

そこで水田が目を付けたのが中国の広い土地だ。事なかれ主義の役人ばかりでスピード感にかけ、しかも国土の狭い日本には見切りをつけたのである。タレスと中国の親密な関係の始まりだった。

環境問題に深く取り組むことで、タレスは世界的な力を蓄えていった。

18

5時に起床してコーヒーを飲み、中華街を散歩する。6時半からは山下公園でラジオ体操。公園備え付けのラジオスピーカーに直前にスイッチが入り、大勢で体操する。近隣のお年寄りたちが四肢を伸ばす様がゆったりとしていて、目に心地よかった。そして中華街で朝食の粥《かゆ》を腹に入れて7時半には水田会長の部屋の前に立つ。これが湊の日課となっていた。中華街の粥は毎日食べても飽きないほどに滋味深く、今日をエネルギッシュに過ごそうと背筋が伸びる。

そんなある朝、ラジオ体操が終わった直後にニュースが流れてきた。

美竹大陸上競技部の小倉悠一監督が急逝した。45歳だった。

心筋梗塞《しんきんこうそく》。突然死である。

その報《しらせ》を聞いた湊は右手で目頭を押さえた。

芦ノ湖の事件が無関係とはとうてい思えない。

事件に関わった大学監督として相当な心労があったはずだ。

公園のラジオはその報を告げると自動的に切れた。湊は部屋に走り戻り、ネットを検索した。

事件性はないという。小倉監督は現役のマラソンランナーでもあり、学生の指導の傍らでトレーニングに勤《いそ》しんでいた。


その日の夕刊紙に記事が載った。美竹大と雨宮佐知子環境大臣との関係が書かれていた。小倉監督の心は二つに引き裂かれていたという。雨宮大臣の介入と大学のしがらみである。

雨宮大臣のファストフード嫌いは周知のこと。ハンバーガーにフライドポテトという定番の組み合わせは最悪のもので、こんなものを常食していると体内に炎症を引き起こす。ハンバーガーに使われるパテは成長ホルモン剤過剰投与の疑惑が常に噂されているアメリカ産牛肉。フライドポテトは遺伝子組み換えのジャガイモの疑いもあり、しかも劣悪な植物油で揚げている。コスト優先のために揚げ油はいつまでたっても同じものを使い回すため、古い油は著しく酸化する。これにトウモロコシから作った果糖ブドウ糖液糖たっぷりのソフトドリンクを付けたセットを「人類史上最悪の殺人メニュー」と雨宮は命名したのである。

当然、ファストフード業界からは猛抗議を食らった。しかし雨宮はどこ吹く風。自身もアレルギーに悩まされたことがあり、その原因を追究する中で主犯はファストフードということに至ったという。自らの体験を基にしたその言説には腰が入っていて、一定の説得力があった。雨宮佐知子の若々しさと肌の美しさが、その裏付けの一つでもある。雨宮がファストフード嫌いを顕《あらわ》にした後、大手チェーンが性別・年代別の客層のデータを取ったところ、30代以降の女性客が明らかに減少したという。美と健康に関心を寄せる女性たちが雨宮に賛同し、老化を促進させる猛毒セットを避けた結果だと言われた。

一般にも宜《よろ》しくないと思われる食べ物を、マラソンランナーなどのアスリートが口にして良いはずもない。特に陸上の長距離選手は練習で大量に酸素を体内に摂《と》り入れていて、活性酸素の害とどう向き合うかも重要なミッションとなっている。しかも紫外線を浴び続けることでその害は増大するから、活性酸素対策は長距離選手にとっても最重要項目。そのために有効な抗酸化食品を摂取するなどの取り組みが陸上競技界の趨勢《すうせい》なのである。

そのことを国民に説明するため、雨宮大臣は母校の美竹大陸上競技部の取り組みを紹介した。ファストフード一切禁止。その店舗に出入りした部員は大会にエントリーできない厳罰である。ハンバーガーやフライドポテトを口にしなくとも、ブラックコーヒーのみでもアウト。たとえば陸上部員とではなく学部の友人たちとファストフード店でお茶を飲む、という行為も禁止という厳しさだった。極端なルールは雨宮大臣発案。店舗に入ればポテトの一つでも食べたくなるのが人情である。だがそれらはアスリートにとって毒なのだと雨宮は断じた。そのくらいのファストフードへの嫌悪ぶりなのだった。

そんな雨宮大臣の介入以前から、美竹大陸上部は食事改革に取り組んでいた。

「君は君の食べた物でできている。その身体で、君は走る」

このスローガンは小倉悠一監督が提唱したもので、何度か雑誌にも取り上げられている。

身体に悪いものを避け、良い物を食べる。当たり前のことだが、これだけ食べ物が溢《あふ》れている現代ではそれを律することは案外難しい。特に若い世代は物心ついたときから添加物まみれのジャンクフードが身近にある。

そこで美竹大医学部と各運動部の連携で、大学をあげての食事改革に踏み切ったのである。中でも陸上競技部の長距離部門がもっとも厳しく取り組んだ。

長距離走者は圧倒的な運動量を誇りながらも体重管理は必須《ひっす》。だから必然的に食べ物を選ぶ。先のファストフードなどは論外。合宿所では選び抜かれた朝食と夕食を出し、昼食は大学学食で「医学部提携メニュー」を提供する。食材にもとことんこだわり、特に主食は米ばかり。パンや麺類《めんるい》、パスタなどの小麦製品を避けるメニューである。小麦は腸に損傷を与え、消化機能に悪影響を起こす。小麦にアレルギー反応を起こすセリアック病が有名だが、アレルギーがなくとも摂取すれば少なからず影響が出るという研究も発表されている。特にアメリカ産の小麦がひどい。大量生産に適する品種改良を重ねた結果、人間の腸を攻撃するようになってしまったという。しかも輸出の際に大量の漂白剤を使う。そんなものが人間の身体に良いわけがない。

しかし、これが現代っ子にはたいへんに厳しい制限で、国民食と言われるラーメンも、うどんも、パスタも、お好み焼きも、菓子パンも、スナック菓子も、なにもかも小麦製品なのである。

そこを、美竹大陸上競技部は一丸となって乗り越えた。ブレッド&バターなる言葉もあるように欧米人には無理難題なのかもしれないが、日本人には米がある。

2年間にわたる実地研究の結果、約200名の部員の体調は明らかに良くなり、競技パフォーマンスも向上した。アンケートを取ると、およそ8割の部員が「小麦を制限されて、不自由なことはなかった」と答えている。パンが食べたい場合には米粉のパンを、と指導されたが、特にその必要もなかったと。

その恩恵かどうかは定かではないが、美竹大は2年連続で小田原箱根駅伝のシード権を獲得する強豪校となったのである。

そういった美竹大の取り組みを記した本を、小倉悠一監督は上梓《じょうし》する予定だった――

――ということだった。


小麦云々《うんぬん》はともかく、ファストフードを巡る攻防が、正月・芦ノ湖の事件を引き起こし、そして美竹大・小倉監督の若い命を奪ったのではないか、と記事は結んでいた。

論理の飛躍もさることながら、掲載のスピードが速いと湊は思う。

小倉監督の急逝に関して、ネット上でも意見が行き交った。その多くは若き才能を惜しむもの。

心無い中傷もあった。

「ファストフードに対するルールは厳しすぎる。現代日本の食生活を考えれば、小麦の完全排除も現実離れしている。ここまでくると宗教だ。それなのに現役ランナーである監督が突然死するんだから説得力はゼロ。とんだ茶番だ。そういえば、昔のプロ野球で選手に玄米を食べさせていた監督が痛風だったなんてトホホなこともあったな。スポーツの指導者なんて、いい加減なもんだ」

小倉監督の急逝によって、彼のフィロソフィーをまとめた単行本の出版は見送られた。通常ならば遺作として売り出すはずのタイミングではあるが、内容が内容である。

その著者が心臓疾患で突然死してしまっては……。それが差し止めの理由だった。

19

雨宮佐知子狙撃《そげき》の犯行声明。狙撃犯の独白がネット上に公開された。今頃、である。時期も不自然。信憑性《しんぴょうせい》にも問題がある。だが見る人間が見れば、ただのフェイクではないと分かるものだった。

そこには、犯人しか知りえない「秘密の暴露」が含まれるからだ。

＊＊＊

なぜ私がこの文章を公開するのか。

これが日本国民に読まれるときには、私は生きていない。

私はもう死んでいる。

遺書だ。

この生業《なりわい》の宿命だ。人殺しはいつかは殺される。ミッションを遂げたあと、それが大きなものであればあるほど、その危険も大きくなる。

だから、私は時限爆弾を自らに仕掛けた。
それがこの遺書だ。一定期間、パソコンを動かさないでいると、配信されるように
プログラムした。それは私が生きていないということの証明なのだ。
今回のミッションについて、どうしても日本国民に知ってもらいたかった。そうし
なければ、死んでも死にきれない。
雨宮佐知子環境大臣を撃ったのは私だ。
1月2日の芦ノ湖、1月15日の幕張。ともに私の犯行である。

芦ノ湖の狙撃は難しいミッションだった。

そもそもの標的は美竹大のアンカーだった。

人の命を奪うミッションではない。

狙いは彼の履いているシューズだ。

弾が足を掠《かす》める程度に。決してケガをさせてはいけない。

しかし大騒ぎにならないといけない。

駅伝往路のゴールは関係者でごった返している。もし狙いが外れて弾が標的に当たらなければ誰にも気づかれない可能性もある。

失敗は許されなかった。

私は取材陣の着るベストをまとってビルの屋上に潜んでいた。ゴール前の直線にさしかかる角の4階建てのマンション。その屋上からは遠くゴールが見通せた。そこからのアングルを狙うカメラマンに変装していた。

駅伝走者は時速20キロで走る。ゴールして減速した瞬間を狙うしかないが、アンカーは待ち構えているチームメートの輪に飛び込んでもみくちゃにされる。ゴールテープから仲間たちまで30メートル。減速して歓喜の輪に飛び込むまでを狙うしかなかった。

私はターゲットを待つ間、ゴール前の様子を何度も確認した。ゴールを過ぎて減速したランナーの踵《かかと》を後ろから狙う。シューズを掠めて弾を打ち込む。そんなシナリオだ。

走路を振り返れば、白バイと運営管理車がやってくる。

予想どおり、美竹大のアンカーがトップ。目の当たりにすると、ランナーのスピードは予想以上に速かった。

私はゴール前を最終確認した。

思わず声を漏らしそうになった。

赤いフィールドパーカーの輪の中に知った顔がいた。場違いな著名人。

雨宮佐知子大臣。その御面相に間違いはなかった。

さくらんぼうのような明るい赤の集団だったが、まさに紅一点。女性は彼女一人だ。その横に黒いフィールドコートの高身長の男が立つ。その男はＳＰに違いなかった。

雨宮大臣がしゃしゃり出てきた。

私の頭は目まぐるしく回転した。

この偶然はお誂《あつら》え向きではないか？

ミッションにとって追い風なのではないか？

風を帆に受け、標的を変えるべきではないか？

狙撃の目的は駅伝大会を混乱させること。私の仕事に依頼動機は不要なのだが、シューズを掠めろという指示から、私はそう確信していた。

それならば、一学生よりも現役の大臣を狙うほうがはるかに効果的だ。そう考えた。なにより、そのほうが狙撃の難易度はぐっと低くなる。

アンカーの足を狙ったとき、踵を撃ち抜くようなことがあれば。彼のランナーとしての人生を破壊することにもなりかねない。

仮に、アンカーの足元に着弾して彼が倒れても、それが狙撃なのかどうか、すぐには分からない可能性もある。痙攣《けいれん》などの足のトラブルは長距離走には付き物で、ゴールを越えて転倒するランナーは珍しくないからだ。

ボスに標的変更の承諾を得る猶予はない。美竹大アンカーは間もなく直線にさしかかる。

腹を据えた。

標的を変更する。

雨宮大臣を撃つ。

傷ひとつ負わせずに。

こうなると傍らに立つSPの存在が頼もしかった。

大臣が被弾に気づかなくとも、SPが必ず動く。事に気づいて騒ぎ立てる人間が必要なのだ。こちらにとっては好都合だった。


ターゲットは雨宮大臣。

アンカーがぐいぐいと走る。両手を上げてゴールテープを切った。

彼はほとんど減速せず、両手を広げて赤の輪の中へ飛び込んでいった。

雨宮大臣はこちらから見て右側。さすがに輪の中心ではない。

私は左足のハイヒールの踵に弾を撃ち込んだ。

SPが反応したのがスコープ越しに分かった。彼はこちらを素早く見たのだ。そして赤の歓喜とはまったく無関係に、SPが大臣を抱きかかえて全力でゴール前から遠ざかった。優秀なSPだと感心した。

思惑どおり、大騒ぎになった。

アンカーの足を狙うよりも圧倒的な効果があった。

ボスは事後報告を受けて計画の変更を是認した。「今回は結果オーライ」。

だが、私の心情は決して結果オーライではなかった。もし雨宮大臣が出てこなければ、はたして難しいミッションを遂行できただろうか。

私は雨宮大臣に感謝しなければいけない。


幕張での狙撃はSPを狙った。

芦ノ湖と同じ長身のSPだ。幕張での彼はやけに派手なネクタイをしていた。あの日の雨宮大臣とSPたちは紺色の服を着ていた。他のSPは赤いネクタイ。こうなると雨宮大臣は目立たない。

驚いたことに、長身のSPは私が引き金を絞る直前に大臣の前に出て防弾鞄を広げた。弾はそこに着弾し、そして大臣の顔に当たった。


以上が連続狙撃の真相である。

ここまで読んでくれた日本国民に感謝する。

ただし、依頼の動機については、私は知らない。芦ノ湖の件は、あくまで私の緊急措置だった。

もちろんボスについては書くことはできない。それはこの仕事の最後のプライドでもある。その一点のみを持って、私はこの世から退場する。

＊＊＊

湊は思わず天を仰いだ。

芦ノ湖で、自分が感じた違和感。その答えがこの手記にある。

これこそが、狙撃犯のみが知る「秘密の暴露」だ。

だがしかし、と湊は首を横に振った。

秘密の暴露には違いないのだろうが――。

こんなもの、とうてい信用できるわけがない。

幕張の事件、銃の持ち込みについて記載がない。これこそが犯人にしか知りえないことだ。あれだけ厳重な警備をどう潜り抜けたのか。それを明かさないのは、死にゆく身とはいえプロの矜持《きょうじ》なのだろうか。

大きな犯罪の実行犯の多くは、事が済めばその大きな力によって葬られる。そんな説がある。黒幕Aがミッションを依頼する。それを受けたBが実行犯のCに託す。C

は動機などを一切知らされず、元締めのAと接することもない。事が成ったあと、BがCを消す。それが暗殺の常道であることは湊も知っている。Cを消し去るのは口封じ。生きている人間の口に戸は立てられないのである。

この実行犯を名乗る手記の書き手は、自らの死を予期している。しかしそれも不自然だ。そんなことをツユとも思わせないような巧妙なやり口で実行犯は消される。たとえば本件の場合ならば、第3の依頼を匂わせておけば、それが終わるまではまさか自分が消されるとは思わない。人を殺《あや》める側は自分が殺されるなどとは考えないものだ。

だから、この実行犯があらかじめ手記の自動配信を準備していたとは、とても思えないのである。

ただし、世間はそこまで裏を考えない。文面をそのままに受け取る層も多くいる。

この場合の黒幕は簡単に分かる。親中の雨宮佐知子を狙う。中国の作ったシューズを狙う。誰が見てもアメリカの仕業ではないか。

ところが、この手記を受け、黒幕を中国と断じる論説も出てきたのである。

幕張の狙撃《そげき》事件直後に「中国マフィア黒幕説」を発した国際ジャーナリストである。

「黒幕は中国である。その論拠はもちろんある。

まず、スナイパーは誰の命も狙っていなかった点。芦ノ湖の件では、当初はランナーのシューズを、結果的には雨宮大臣のハイヒールの踵《かかと》を狙っている。手記にもあるとおり、命を取ろうとしたわけではない。

では目的は？

脅迫だ。

雨宮大臣と中国との密接な関係は知れたところ。その関係性が崩れかけているのではないか。政界風見鶏《かざみどり》がどこを向くのか。中国に背を向けるのなら、それはすなわち顔はアメリカを向く。それを中国は阻止したかったのではないか。

狙撃事件はいわば中国の自作自演。

親中の雨宮大臣を狙い、茶番とも言える手記の発表によって何もかもをアメリカのせいにした。

私はなにもアメリカの肩を持っているわけではない。ファクトを見て行けばたどりつく結論だ。アメリカはスポーツイベントを潰《つぶ》すような愚行は決してしないのである」

そんなとき、本庁から湊に連絡が入った。横浜でのミッションを切り上げて桜田門へ戻れと言う。

雨宮佐知子が復帰会見を行うというのだった。

20

雨宮佐知子が1か月ぶりに国民に姿を見せる。

復帰会見。1月5日と同じ会場である。

控室で湊は雨宮に再会した。顎《あご》の左側に傷痕《きずあと》があるはずだが、赤いスカーフでそれを覆い隠している。湊は最敬礼した。雨宮は微笑んで会釈を寄越《よこ》した。言葉はない。

湊はまばたきを忘れて大きな瞳《ひとみ》を見つめた。その視線を雨宮は受け止め、数秒してから小さくうなずいた。

湊は赤いネクタイを締めて配置についた。

雨宮大臣はやつれた様子もなく、紺のスーツの立ち姿には自信が漲《みなぎ》っている。

「みなさま。本日はお忙しいところ誠にありがとうございます」

声に張りがある。頭を下げた後で見せた笑顔も以前と変わらない。カメラのフラッシュがやけにけたたましい。

「本日は、僭越《せんえつ》ながら、私の復帰会見ということで。このたびのことで特に余計な質問などは頂戴《ちょうだい》することもないかとも思います。暗闇から矢を射る卑怯《ひきょう》者が起こした事件については、捜査が進んでいると聞いております。それ以上の情報は持っていませんので。それ以外の質問は、私がお話しさせていただいたあとで賜りたいと思います」

　雨宮大臣は微笑んでじっと会場を見回した。カメラマンを含めて百名近くが詰めているが、フラッシュが止むと不気味なほどに静かになった。それは雨宮大臣の放つオーラのせいだ。カメラマンも手を止めるほどの迫力である。

「療養中にじっくりと考えましたことなどを、お話しさせていただければと思います。我が国と中国との関係についてです。日本人の対中感情は悪化するばかりかと思いきや、中国に対する我が国の意識は確実に変わりつつあります。そのことについて、少しお話しさせていただきます」

　会場がざわついた。予想外の展開に記者たちも眉《まゆ》を寄せたのだろう。それぞれに質問を用意しているはずだが、大臣の迫力ある話題転換で棚上げにされてしまった。

「特に若い世代によって、中国との親睦《しんぼく》は深まっています。その理由をお話しいたします」

　雨宮は一つ咳《せき》をして原稿を広げ、語り始めた。

「内閣府が毎年初めに発表する『外交に関する世論調査』の『日本と中国』の項目です。２０２１年の調査では、『中国に親しみを感じる』は全体で20・6パーセント。『感じない』は79・0パーセント。なるほどの嫌中ぶりではあります。しかし、これを世代別に見ると様相は一変します。いわゆるZ世代では『親しみを感じる』は41・6パーセント。60代（13・4パーセント）、70代（13・2パーセント）と比べると世代差が分かります。

今の60、70代が学生のとき、私よりも少し上の世代ですが、彼らが中国へ向ける意識は高かった。ベトナム反戦運動での学生たちの共鳴、そして社会主義への憧《あこが》れなどです。我が国の戦時中の中国侵略に対する贖罪《しょくざい》意識なども少なからずあったのでしょう。中国という『他者』に、当時の学生自身を投影して、かの国に期待するイメージを膨らませたのだとも言えます。それに該当する記者さん、いらっしゃいますよね。

しかし、文化大革命、その後の天安門《てんあんもん》事件で、その世代の意識は失望に変わってしまうことになります。さらに香港での大規模デモ報道を目の当たりにし、中国から距離を取るようになったのではないでしょうか。

そんな我が国の中国観は形を変えながらも生きていますね。中国を他者としてではなく、政治・社会に日本や欧米の統治システムを投影し、そのモノサシから判断するという観察法でしょうか。これが高齢世代の『親しみを感じない』背景なのだと、私は思います。

一方、若いZ世代の意識はまったく異なるものでしょう。

彼らが生まれたとき、中国はすでにアメリカを追いかける大国でした。中国はIT

技術では日本に先行、ゲームや漫画は質量ともに日本を超えているようです。

さらに学生たちは大学やアルバイト先で日常的に中国人留学生と触れ合っています。かつてのように中国に自己を投影せずに『等身大』で接しているのです。つまり、かつての日本の若者とは違って、中国への思い入れがない。だから幻想もない。今の若者が知っているのは等身大の中国です。

さらに時をさかのぼり、2000年の調査では、全体の『親しみを感じる』が48・8パーセント、『感じない』が47・2パーセント。このときの20代の『親中』は50・8パーセント、70歳以上は46・9パーセントと差のないものでした。

世代格差が広がるのは、『尖閣《せんかく》諸島国有化』直後の2012年調査以降です。

その要因はメディアの違いにもあると思います。若い世代の情報入手はスマートフォンでしょう。新聞報道やテレビニュースの影響を、高齢者に比べるとそれほど受けない。特にテレビ報道は中国批判を煽《あお》るケースも目立ち、その影響を受けるのは特に高齢者ではないでしょうか。

現政権の支持率は30パーセント台。中でもZ世代は20パーセント台。若い世代は政権を見放しつつあるという危機意識を持つべきです。

高齢者たちは、中国の台頭と日本衰退という潮流変化を心理的に受け入れられないのかもしれません。アジアを見下すような『脱亜入欧』の意識とでも言いましょうか。

彼らに変わってZ世代が力を持てば、中国への意識は大きく変わるはずです」

雨宮大臣は朗々と話し続けた。原稿には時おり目を落とすくらいで、内容をほぼ頭に入れているようだった。

背筋を伸ばし、エネルギッシュに。そしてそれが終わる気配はなかった。

記者たちはついにメモを取る手、パソコンのキーを叩《たた》く手を止めた。ある年配の男性記者は眼鏡を外して天を仰いだ。

21

新宿区百人町の独身寮。

記者会見の翌々日の朝。虹丘美彩から連絡が入った。ユーチューブチャンネルを見てほしいとのことだった。雨宮大臣の復帰会見についての解説だという。中国に対する私見を長々と並べただけで、解説もなにもあったものではないと訝《いぶか》ったものの、湊はパソコン画面に見入った。

ゲストとの対談形式だ。ゲストは――スポーツジャーナリストの藤崎貴恵。

湊は息を呑《の》みこんだ。この二人が、自分のパソコンの画面に映っていることが不思議に思えてならない。

久しぶりに見る藤崎貴恵はずいぶんと太っていた。はっきりとした顔立ちはそのままだが、輪郭が大きくなり、肩のラインの肉付きもいい。以前は鋭い印象ばかりが強かったせいか、まさに円くなったようだった。シャープな面持ちの美彩と並ぶと良いコントラストだと湊は思う。

冒頭、美彩は復帰記者会見について触れる意味はないと簡単に切り捨てた。まったくの同感である。ただ雨宮大臣のエネルギッシュな様子について賞賛を送るのみだった。

本題は狙撃《そげき》犯の犯行声明について。半分はフェイクだと美彩は断じる。藤崎貴恵もそれに同調した。半分の真実を入れ込むことにより、信憑性《しんぴょうせい》を生み出す技法だと言うのだった。

黒幕はアメリカ。

美彩は背筋を伸ばしてそう言った。

目的は中国へ接近する雨宮大臣への警告。だから芦ノ湖の事件では足元を狙うにとどまった。幕張でもSPの防弾鞄に着弾した。

ところが、跳弾が大臣の顔をかすめたことは誤算だった。このことによって雨宮佐知子人気はV字回復。国民からの圧倒的な人気を得ることになった。雨宮が力を伸ばすことはイコール中国の強化である。この結果はアメリカには痛恨だったはずだ。

先日、美彩が湊に話した米中関係の話も出てきた。

「藤崎さんは競馬やりますか」

「結構やります。父が馬主だったこともあるし」

「まあ、それはすごい」

「でも最近は忙しくてご無沙汰《ぶさた》していますけど」

「では、イッタイイッタって言葉、ご存じですね」

「逃げ馬のワンツーですね」

「国際情勢を競馬に喩《たと》えるのもどうかと思いますけど。今後の米中はイッタイイッタになりそうだと思っていたんですね。そして今回の事件で、さらにそうなるのかな、と」

「さすがは美彩さん。面白い発想。現状はアメリカリードですね。5馬身くらいかな」

「大戦後からずっとアメリカが先頭に立ってきました。背後から中国が猛追していますが、まだ差はある。しかし差が縮まっています」

「雨宮さんは親中だから……さらに差が詰まりそうですね。イッタイイッタってことは、他の馬、いえ、他の国はどうですかね」

「日本を含めた他国、欧州やかつての大国も含めて、ほぼ骨抜きになりそうです」

「2頭の競り合いですからね。3着馬以降は遠く離れていて。競馬の場合は、有力馬同士が牽制《けんせい》し合って、いつのまにか2頭には追いつけなくなってしまうんですよね。

それと同じと……」

「似ているかもしれません」

「うーん。馬券的には、イッタイイッタの2頭を押さえていれば安心ですけど。国際情勢としては」

イッタイイッタ――。この解説を、湊は皇居前の揺れる柳の下で美彩から聞いた。湊にとっては予習済みの話題でもあった。

美彩はタレスと雨宮大臣の関係にも言及した。タレスの水田昭太郎会長と雨宮大臣は一心同体の親中派。だからこその展示会での凶行だった。

芦ノ湖の件について、美彩は水田昭太郎と美竹大・清水翔の関係については触れなかった。

30分ほどの動画。美彩が流暢《りゅうちょう》に喋《しゃべ》り、藤崎貴恵は相槌《あいづち》を打つ。

ただ、終《しま》いのほうで湊は息を詰まらせた。SPについての言及だ。

「美彩さん。大臣を警護するSPの一人に、私は取材したことがあります。彼が高校生のとき。アイスホッケーのゴールキーパーだった名選手です。それは素晴らしいアスリートでしたが……。今の美彩さんのお話だと、狙撃は威嚇だと。私はSPが大臣を救ったのだと思っていました」

「救ったのです。二つの狙撃事件、SPの対応に不備は一切ありません。ただただ、不幸な偶然が雨宮大臣の顔に降りかかったのです」

「ちょっと本筋から逸《そ》れますけど。幕張の事件のとき、あの長身のＳＰ、ヘンなネクタイしてましたよね」

「レインボウカラーでしたね」

「あれ、話題になってるんですよ。なぜあんなタイをしているのか。美彩さんご存じですか？」

「さあ。他のＳＰは無地の赤いネクタイをしていました。明らかに異質ですね」

「彼はゴーリィだった。ゴーリィというのはゴールキーパーのこと。その経験から、派手なネクタイをしているらしいんですね。身を呈して要人を護《まも》る、その象徴です」

藤崎貴恵はレインボウカラーのタイを着ける効能について披露した。

「それは面白い発想。あの柄はどうしたって目に入りますよね。実は私の名前も、そういった意図があって……。ごめんなさい、面白いなどと言っては不謹慎でした。そのＳＰは勇敢ですね。自分の首元を的にしてでも大臣を護るのだから」

「ほんとうに勇敢です。私はこの事件が起きるまで、彼が警視庁でなにをやっているのか知りませんでした。アイスホッケーを辞めたと聞いたときには失望したものでしたが、ＳＰだと知って、失望が賞賛に変わりました。これほどの適任はないと手を叩いたくらいです」

「叶《かな》うことなら、このチャンネルに御登場いただきたいですね。不可能でしょうけど」

「美彩さん、そのSPに話が移ったところで。これ、売れてるそうですよ」

藤崎貴恵はデスクの下からタオルのようなものを取り出した。レインボウカラーのレジメンタルタイ！

「勇敢なSPにあやかるってことなのでしょうか。この派手派手なタイ、品薄だそうです」

「雨宮さん人気もあるのでしょうね。なるほど、男性が女性をエスコートするときに着けると、ボディガードの表明です。私は貴女《あなた》を命がけで護ります、と。素敵なネクタイ。国産ですか？」

「ブルックス ブラザーズ。アメリカ製ですね」

「アメリカにとってはちょっとした払い戻しかも」

「他のメーカーのものも売れているみたいです。ただしアメリカ製。そういえばラルフ ローレンのタイって幅広ですけど、そういった意味でもぴったりかもしれませんね」

「あまり軽口を叩《たた》くと狙われますよ」

「美彩さん、時間はだいじょうぶですか」

「どうぞどうぞ。なんでもお話しください。時間制限のないところがユーチューブの特長ですから」

「さっきのイッタイイッタのお話。どこか既知感があると思ったら、まさに正月の駅伝がそうだったじゃないですか。覚えてます？」

「ごめんなさい。南半球に居て、観ていませんでした」

「スタートの1区、文英《ぶんえい》大の走者がポーンと飛び出したんですよ。1区って、みなが牽制し合って慎重になるから、5キロ地点でかなり差が開いたんです。そうしたら、薫風《くんぷう》大の走者が集団からスルスルと抜けてきて文英大に並んだの。まさにイッタイイッタ。どうなったと思います？」

「1区間は約20キロですね。そのまま？」

「はい。1位通過は薫風大、2位は20秒差で文英大」

「並走して、最後に差したんですね」

「後続は牽制し合ってしまい、2校に離されたままでした。長い駅伝の歴史でも初めての展開だったと。取材すると、後続にいた有力校のランナーは口を揃えて言いました。動くに動けなかった、って。先行した2校はそのうち失速するだろう、とも」

「でも、往路優勝は美竹大でしたね」

「2区で差を詰めて3区でトップをとらえました。美竹は往路に有力選手を揃えていましたから。そして5区、清水翔の快走が飛び出したわけです」

「そうだったのですね。米中の話に戻すと、2国が失速することはないのでしょうけど。有力な後続が牽制し合って手遅れになるというのは興味深い事例です。今日は貴恵さんにお越しいただき良かったです。事件の舞台となった駅伝大会に、偶然にそんなドラマがあって、そこをしっかりと取材していたのですから。偶然って恐ろしいですね」

動画を見終え、湊は深く息を吐いた。

美彩の語り口は凛《りん》として誠実だったし、藤崎貴恵の堂々とした立ち居にも品がある。だがどうしても軽い印象を拭《ぬぐ》えない。俎上《そじょう》にあるのは大臣が二度も狙撃《そげき》された大事件なのである。レインボウカラーも軽薄さに一役買った気がした。これがメディアなのだろうかと湊は思う。

すると、計ったように美彩からのメールが入った。匿名とはいえ湊に言及したのが事後報告になったことを詫《わ》びていた。その点について、湊は配慮された動画内容だと受け取り気にならなかった。藤崎貴恵がレジメンタルタイを用意していたところが、いかにもあざといと思った程度である。

しかし湊は返信せずに立ち上がった。中華街で買った「クァイ」のジョギングシューズとウインドブレーカーをバッグに詰め込み、身支度を整えて寮を出た。

22

環境省から戻った午後4時。湊は上原の許可を得て庁舎を出た。約1時間の外出である。午後6時には再び雨宮大臣の護衛に付く。

ジョギングシューズに黒いウインドブレーカー。紺のキャップ。背にはデイパック。2月末の薄暮には目立たない軽装である。

朝、ぞっとするほど嫌な予感が湊の胸を覆ったのだった。

湊の頭に浮かんだのは雨宮佐知子ではなく虹丘美彩だった。出勤前からそんな思いがあった。

美彩は夕暮れ時に皇居の周りを走る。だが毎日のルーティンというわけでもなく、仕事が立て込めばジョギングシューズは埃《ほこり》をかぶるという。

湊は桜田門に立った。西の空を見れば薄《う》っすらとした青。その青が暮れてゆく。空気は澄んでいるが寒々しく乾いている。これから日も暮れて気温も下がる。花粉が飛散する季節でもあり、皇居ランの人影も少ないようだった。

湊が脚を伸ばしていると、その気配がぐんぐんと近付いてきた。美彩だ。

黒っぽい服装をしているが足元はグリーン地に鮮やかなオレンジの「K」。オレンジが宵闇の中で軽やかに交差する。

美彩は湊に気づかずに足を進める。50メートルほど距離を置き、湊も走り出した。

中学のときの尾行と一緒である。

あのときは半年間の自主警護だった。やはり薄暮のイメージが強い。北海道はすぐに日が暮れる。湊が美彩を見届けて踵《きびす》を返すときには周囲は真っ暗だった。

中学のときのように、今も何事もなければ良いのだが——。湊はブレーキをかけながらそう思う。美彩も遅くはないものの、ストライドもピッチの速度も湊の比ではない。ノロノロと流す経験が湊にはない。だから走りに集中できず、余計なことが頭をよぎる。途中どこかで休憩を入れることがあれば、そのときに話しかけるか？　偶然を装って？　動画の感想を短く話す？　湊は首を横に振る。中学時代と同じでいい。事務所まで見届け、踵を返し、スピードを上げて庁舎に戻ればいい。そして顔を洗い、さっぱりとした身なりで雨宮大臣の警護に向かうのだ。

竹橋に差しかかった。このあたりから道幅が狭くなる。無灯火の自転車が逆走してきて危なっかしい。スマートフォンを片手に走ってくる自転車もある。

美彩の背中には余裕があった。休憩なしで虎ノ門まで走るのだろう。

左手に小さな公園がある。水道とトイレがあり、ここを休憩地点にするランナーも多い。

湊は急にスピードを上げた。ダッシュに近い。ギアを上げたあとで黒い予感が胸に広がった。

美彩の前方には自転車の灯《あか》りが見えた。美彩が減速する。

細い背中に10メートルまで近づいたとき、美彩が消えた。

左の植え込み！　その奥にはトイレがある。

「美彩！」

湊はディパックから警棒を取り出しながら飛び込んだ。美彩の声はない。口をふさがれているのか、気絶しているのか。多目的トイレのドアの前に男三人、そこに美彩をねじこもうとしている。三人ともに中肉中背、黒ずくめ。

「警察だ！」

湊はそう叫ぶなり、左端の男の側頭部に警棒を叩きこんだ。うめき声とともに男の体が崩れ落ちる。ほぼ同時に真ん中の男の顔面に頭突きをかました。男はあっけなく吹っ飛び、ドアに後頭部を打ちつけた。美彩を抱えていた右の男が背を向けた。その背中に追撃の警棒一発。男は唸《うな》り、前に倒れた。

「美彩！　だいじょうぶか」

「湊君！」

美彩の声はしっかりとしている。湊は素早く庁に連絡を入れた。

「もうだいじょうぶだ。ケガはないか」

「だいじょうぶ」

「救急車を呼ぼう」

美彩は湊の右手に自分の手をかけて首を横に振った。

「ほんとうにだいじょうぶ。すぐ助けてくれたから。恐怖心も消えてる。そのことに驚いてる」

湊は美彩の目を見て、ゆっくりとうなずいた。

「誰なの」

「これから分かる。オレたちのお膝元《ひざもと》で襲うとは、いい度胸だ」

そのとき、唸って伏していた男二人が同時に立ち上がった。もう一人も起き上がり、突進してきた。湊は美彩を突き飛ばし、右端の男の顎《あご》に頭突きを入れた。よろめく男を真ん中の男に浴びせ倒し、左端の男の頭にはもう一度警棒を叩《たた》きこんだ。そして多目的トイレの重いドアを開け、三人の身体を押し込めた。デイパックからレンジャーロープを取り出し、それぞれの手首を素早く縛り、それを首につないで結んだ。

外に出て銀色の重いドアを勢いよく閉める。ものすごい音がした。

「すごい手際。なぜロープなんて持ってるの」

「デイパックに偶然入ってた」

「通りがかったのも偶然？」

「偶然。ときおり走るんだ。会社に近いし」

「尾行してたのね」

「してないよ」

「嘘。中学のときと同じ」

「えっ？」

湊は思わず聞き返した。

23

中学3年生のときの自主警護は決して悟られていないはずだった。十分に距離を取り、しかもいつだってあたりは暗かった。仮にもし美彩が湊の尾行に気づけば、その後の教室でなにかアクションがあってもおかしくはない。そんなことは一切なかった。

サイレンが近づいてきた。この後、聴取に応じるなど美彩に面倒なことがふりかかる。

だから今、美彩と話せるこの時間が貴重だった。

「知ってたのよ。湊君が尾行してたこと」

「そんな昔のこと、忘れてるよ」

「私を護《まも》ってくれてたんでしょう」

「忘れたって」

「尾行は完璧《かんぺき》だった。全然気づかなかった。さすがは一流のゴーリィね」

「じゃあ……なぜ」

「母が教えてくれたの。あの時間、ベランダに出て私の帰りを待ってた。母は気づいた。娘を尾行する男子がいる。彼は竹刀袋を背負っていた。剣道部員かなって」

湊は黙るしかなかった。

「その彼は、私が家に着くと、くるりと身をひるがえして走り去った。全速力で。これが毎日続いたって」

「お母さんが……」

「母はときおり学校に来ていたから、そのときに湊君のことを見てすぐに分かったって。湊君、私の守護神だって言ってたわ」

「まいったな」

湊はキャップをかぶり直した。

「母も茶目っ気があってね。そのこと、卒業するまで私に話さなかった。本人が気づいてない完璧な尾行なのに、外野が教えるのはルール違反と思ったんだって。で、なぜ尾行したの?」

「勘かな。嫌な予感がしてさ。誰かが美彩を襲うって。そういうのを、思い過ごしと切り捨てることができないんだ」

「勘だけで、秋から冬まで、遠回りしてくれたのね。すごいことよね」

「自分のためなんだ。臆病なんだ。やらないではいられない。もしやらなかったら、眠れなくなる。それがイヤで、動いてしまうんだ。損な体質なんだよ」

「じゃあ、一緒に帰ったことは覚えてる?　中3の秋。冷たい雨が降ってた。忘れちゃったかな」

忘れるわけがない。あのときの雨の色さえ思い出すくらいだ。

ただ一度だけ、肩を並べて美彩の家まで歩いたことがあった。相合傘で。

10月。冷たい雨の降る日だった。その日は担任との進路面談があり、湊はわずか2分の面談で終わった。アイスホッケーの強豪高校に推薦が決まっていたのだ。それでさりげなく美彩を待った。美彩の面談もすぐに済んだ。道立のトップ校を受ける。最優秀だから選択肢が少ないのである。

ところが、昇降口の傘立てに湊の傘がない。誰かが間違えたのだろうか。そのうちに美彩がやってきて、足止めを食らった湊に話しかけてきた。事情を察した美彩は「送っていってあげる」と言った。それならば湊が美彩を送るのが筋だ。いつものことなのだから。

冷たい雨の中、二人は言葉少なに歩いた。鮮やかな赤い傘。湊はその色合いばかりを見て歩いた。湊は右手で柄を持ち、美彩の身体が濡《ぬ》れないように気を付けた。白分の左半身はびしょぬれになった。

初めて美彩の家の玄関ドアまで送りとどけた。美彩の母親が満面の笑みで湊を歓迎した。大きな瞳《ひとみ》と整った鼻筋が親子そっくりだった。紅茶とケーキを用意すると言われたものの、湊は辞退して帰路についた。美彩の母親は蝙蝠傘《こうもりがさ》を貸してくれた。湊はその傘をくるくると回しながら、このときは走らずに歩いて帰ったのだった。

湊は暗い夜空を見上げ、「そんなこと、あったっけな」ととぼけた。

うふふ、と美彩が笑う。

「あの時ね。湊君が傘を差してくれたでしょう。主導権は湊君にあった。湊君、道をよく知ってたよね。学校からわたしの家まで、結構入り組んでるでしょ。それなのに、迷わずにスイスイと道を曲がってた」

「道、聞いたからじゃないかな」

「いいえ。あの時、ほとんど口をきいてないから」

「よく覚えてるね」

「私だって勘は悪くない。護《まも》られている感じがしてた。だから相合傘になったのよ」

「どういうこと？」

「湊君の傘、わたしが隠したの」

湊が絶句したとき、パトカー数台が突っ込むようにして止まった。警官に手短に説明し、トイレ内の三人を確保させた。美彩は身元確認のみで解放され、湊の聴取は明朝という運びになった。

警官の一人が「さすがは湊さんですね」と言い残してサイレンが遠ざかった。

湊と美彩は九段下《くだんした》へ肩を並べて歩いた。

「早く着きすぎだ。現場が本庁に近いのも善し悪しだな」

「熱いコーヒーでもどう？　汗が冷えちゃった」

「時間がないんだ。走って戻らなきゃ」

美彩は湊を見上げてうなずいた。

「さっきの続き。傘を隠したって？」

「そう。あの日、湊君の傘、なかったでしょ」

「それで、美彩の傘で送って行ったわけだね」

「そういう流れ。私の作戦だったの」

あの冷たい雨の日の相合傘は、美彩の画策だったとは。

「最強のゴーリィが膨大な時間を削って守ってくれた。そのこと、私はずっと忘れなかった。大学から省庁と、結構ハードな道を歩いてきたけど、心にはいつも湊君がいたのよ」

「まいったな」

「今もそう。襲われてびっくりしたけれど、すぐに湊君が助けてくれて、やっぱりって思う部分もあるの。身勝手なものね」

「まいったな」

「今も偶然なんかじゃない。私、ものすごく感情が揺れ動いた。襲われた恐怖、バトルを目の当たりにしての衝撃、そして安堵《あんど》。それから、自分の思い上がりが正しかったという傲慢《ごうまん》。そして、微苦笑」

「微苦笑って?」

「人間のやることとって、いつでも同じってこと。湊君は尾行。それも必ず50メートル間隔」

「今も、気づいてたの」

「案外ダメなのね。私、ときおりスマホを見てたでしょ。あれは後方確認。中学生のときとは違って、今は敵も多い。狙われても不思議のない立場なのよ」

「まいったな」

「このタイミングで襲われた理由、推理してよ」

「今日配信の動画かもしれない」

「まずいことなんて言ったかしら。いつもの調子だったと思うけど」

「黒幕はアメリカって」

「米中のどちらかだろうから、別に問題ないと思うけど」

「受け取りかたは様々だから。オレはいいと思った。難しい国際政治の話を、競馬と駅伝にたとえてくれたし」

「ゲストの藤崎さん、湊君のことを良く知ってるのね。収録のあと、湊君の話で盛り上がったのよ」

湊は苦笑するしかない。

「湊君はいつも私を助けてくれる。恩返ししなきゃ。捜査権がないって溢《こぼ》してたけど、私にもできることがある。私にしかできないこともある」

「愚痴なんて溢したっけ」

「顔色を読んだのかも。手始めに一つ。雨宮大臣の復帰会見、湊君は現場で聞いてたでしょ。一方的な内容」

湊はうなずいた。ネットには「コミュニケーション拒否」と揶揄《やゆ》されていた。

「あの原稿、私が作りました」

湊は思わずキャップに右手を添えた。美彩がそんな重要な任務を受けていたとは。

「いい原稿なんだよ。大臣もノリノリで喋《しゃべ》っていたから」

「そう言ってくれると嬉《うれ》しい。秘書からの依頼。勝又君、知ってるでしょ」

「大きな人。迫力満点だ」

「顔、ちょっと怖いでしょ」

「いい顔だよ。ああいうやつが、ほんとうに優しい男なんだ」

「彼、大学同期なの。バスケット部で頑張ってた」

そういう繋《つな》がりだったとは。湊は勝又の出身大学を知らなかった。話題に上がることすらない。秘書はSP同様に完全な黒子《くろこ》なのである。

「東大のバスケット部だったんだね」

「自虐ネタでね、相撲部じゃありませんよ、なんて言う。大学時代から、私一人分くらい太ったんじゃないかな」

「頼もしいよね。大きさは武器であり才能だよ。足取りも意外と軽やかだし。もし霞《かすみ》が関《せき》に嫌気がさしたらウチに来るといい。絞りこめば最高のSPになる」

「そう伝えておくわ。そうなると雨宮付きの可能性も出てくるわね。彼は雨宮大臣のこと、大好きなのよ」

「ずいぶんと詳しいんだね」

「彼、私のフィアンセなの」

美彩の事務所ビルの下に着いてしまった。

24

風の冷たい寒い夜だった。水田所有のビルの広東《カントン》料理店での会食に雨宮大臣が出席する。中華街経営者たちとの親睦《しんぼく》会だが、横浜を地盤とする雨宮佐知子の快気祝いでもある。

湊はバイクで先乗りした。霞が関から大臣に帯同するよりも重要で雑多な任務がある。むしろこういった会合の場合、事前チェックがすべてだ。要人の会食の場合、宴《うたげ》が始まればSPは出入口で待機するだけだった。ぬかりなくレインボウカラーのタイを締めた。

湊はビル関係者と料理店の従業員全員に頭を下げて挨拶《あいさつ》をした。知らない顔はない。水田の私設SPだった経験がこういうときにも生きる。

だが肩透かしを食らった。雨宮大臣に急な発熱があり、欠席の報《しらせ》が入ったのだった。

水田昭太郎会長は代役を湊に勧めた。すでに御馳走《ごちそう》を用意してあり、代役の恩恵を受けるのは一連の事件で身体を張ってきた湊こそ、と水田は笑顔を浮かべた。竹橋で美彩を救った件も雨宮陣営を通じて水田会長の耳に入っている。大臣の代わりに最高級のフカヒレを召し上がれと水田会長は柔らかく微笑むのだった。

しかし、「では、ありがたく」と円卓に着席するわけにはいかない。雨宮大臣が地元・横浜に帰るという情報が漏れ、そこを狙う輩《やから》がいないとも限らない。大臣不在でも凶行の匂いがあれば対処するのが湊の仕事だ。

湊は注意深く観察した。公式の会場とは違い、金属探知機などは使えない。だが出入りする人間の立ち居を見るだけで湊には分かってしまう。こういった内輪の親睦会こそ不穏な様子はむしろ明白になる。

丸テーブルを設《しつら》えた個室に男性六名、女性四名。

およそ2時間。誰もいなければ店外の椅子に腰を下ろし、人が通れば立ち上がる。

今宵《こよい》も、殺気はどこにもない。

そこに男がやってきた。

殺気とは別の怪しい妖気《ようき》。男が姿を現す前に湊は立ち上がっていた。

紺のスーツを隙なく着こなした男が湊を見て微笑む。湊も肩の力を抜いた。

相沢丈夫。

「だいじょうぶか」

相沢はそう言って湊に並んだ。

「陣中見舞いだ。すぐに戻る。湊がここにいる経緯は聞いてる」

「全部知ってるんだな。それに引きかえ、そっちの情報は一切入ってこない。不公平だ」

「それも、戒名を剥《は》がすまでだ」

そのとき、湊に連絡が入った。店内の水田会長からだ。

個室に入ると、宴は和やかに盛り上がっていた。70代の女性が湊のタイを見たいという。彼女はレインボウカラーのタイを触って幼児のように目を輝かせた。「幅が広くて、生地も厚くて、素敵ですね」と笑う。ただそれだけの用件である。

店頭に戻ると、相沢の姿はなかった。

待合椅子のあたりに、微《かす》かに甘い香水の匂いがする。

湊は店に入り、個室を改めた。異状なし。宴会は続いている。水田が湊の顔を見る。

湊は頭を下げて静かにドアを閉めた。

相沢が消えた。

なにかの都合で自ら去るのなら、湊を待たない理由はない。

連れ去られた?

彼の身に不測の事態が起こった。

現場に不穏な空気感はない。ただし――さっきまではなかった甘い香りが微かにする。だがそれは女性客が出入りしたときのものかもしれなかった。

相沢の携帯電話は不通。湊は本庁に連絡を入れて状況を話した。

自分はなにをすべきか。

雨宮大臣不在だとはいえ、相沢の行方を追うべきではない。

個室に戻り、水田に耳打ちして散会を進言した。水田は「そろそろお開きの時間でした」と鷹揚《おうよう》にうなずいた。

けたたましいサイレンが近づいてきて階下で止まった。県警の応援だ。もし大臣不在を知らない輩に悪意の矢が用意されているのならば、彼らへの威嚇になる。

上原からの指示は「しばらく水田に付き添え。横浜泊を許可する」。狙われているのは水田昭太郎という可能性も十分にある。

宴のゲストは無事に帰途につき、水田と湊はビルの最上階オフィスに残った。水田はカーテンを閉め切り、照明を落とした。

湊は横浜に居残る理由を話し、応接テーブルを隔てて水田会長と向き合った。

「その彼は……湊君と間違われた可能性もありますね」

水田の言葉に、鋭くうなずいた。

だとすれば痛恨の3分間だが——。

湊と相沢が揃っていれば、事は簡単にはいかなかっただろう。相沢は声ひとつ上げることもなく、忽然《こつぜん》と消えた。

だが……と思う。あのとき、剣呑《けんのん》な空気はどこにもなかった。

「将を射んとすれば、ということかもしれませんが、私は事情を知りたいのです。大臣や会長の周囲を、ということですね。自分の職務ではないのですが、私は事情を知りたいのです。なぜ会長の周囲が狙われるのか、です」

「湊君の精勤ぶりには感心しています。雨宮さんが見込んだ男です。いいでしょう。お話ししましょう」

水田はデスクチェアから腰を上げてソファーに座った。湊も膝《ひざ》に両手をついて座り直した。

「私の事業のことはご存じですね。分かりやすいところでは、水事業による途上国支援。このシステムを欲しがる国がある。独占したがる大国です」

水田は大げさに肩をすくめてみせた。ハリウッドの俳優がやるような仕草だ。

「我が国もそうなのですが、豊かな大国には水の心配はありません。途上国の水の苦労が分からない。ところが中国は違う。世界第2位の大国になったとはいえ、水環境の劣悪な地域もまだまだ多いのです。だからタレスは中国を支援し、ウインウインの関係を築いてきた。中国の持つ農業のノウハウは今や世界をリードするものです。しかし水質汚染の問題も依然として深刻です。そこを、ウチの技術が解決しました。さらにエネルギー開発。ソーラーパネル、御存じですね」

湊はうなずいた。

中国の広大な土地に大規模に設置したソーラーパネル。その雄大な様を湊は思い浮かべる。それを知るまでは、湊は日本の家屋にある数枚のパネルしかイメージできなかった。タレスが中国に展開しているソーラーパネルは想像を絶する規模だった。初めて映像を見たとき、それは湖なのかと思った。深い緑の湖面。それはすべてタレスのソーラーパネルなのである。

ソーラーパネルは太陽光エネルギーで電力を生産する。原発に頼ることもなく、火力発電で空気を汚すこともない。その理屈を、すんなりと受け入れられる壮観さ。しかも、巨大な敷地の下ではきくらげを栽培するという念の入れようだった。

「こういった一連の動きを、彼《か》の大国は気に入らないのでしょう。中国がさらに力を伸ばしていくことに我慢ならない」

湊は胸のうちで大きくうなずいた。

おそらく――たとえばアメリカが、水田昭太郎を潰《つぶ》すことはさほど難しくないことなのだろう。しかしそれは彼の国のやり方ではないのである。

アメリカは水田のような傑物を取り込みたい。タレスのすべてを自国で独占したい。そのことで中国の勢いを削《そ》ぎ、世界の覇権を保ち続けたい――そんな思惑もあるのではないか。

かりに水田がアメリカに寝返れば、相応の対価がタレスに流れるのだろう。

「これで私も頑固でねぇ。いくら詰め寄られても、イヤなものはイヤなんだ。戦争中の彼らの非道ぶりは、先代からさんざん聞かされてきた」

「脅迫、という卑劣な手段など、会長には通用しないということですね」

水田はぐっと顎《あご》を引いた。

「君は、正月の件で、現場に詰めていましたね。あの段階では誰も血を流していなかった。雨宮さんには怖い目に遭わせて悪いことをしたが。だがあの件、私は雨宮さんに感謝している」

「美竹大の学生に危害が及ばなかった、ということでしょうか」

「実はあのあと、私にメッセージが届いた」

「メッセージ、ですか」

「犯人からです。気が変わったからハイヒールを狙った、と。発表された手記のとおり。そのとき警察に届けるべきだったのでしょう。正直なところ、孫が標的になっていることを世間に知られたくなかった」

「お気持ち、お察しいたします」

実際、駅伝大会は中止となった。もしその時点で水田会長がメッセージを公表すれば、日本中の憤懣《ふんまん》は水田昭太郎に向かったことだろう。

「気が変わったからハイヒールを狙った。雨宮佐知子ではなくハイヒールということですね。つまり靴です。本来の標的は、ランナーの履いていたシューズ。クァイだったのですね」

「そのとおりです。今や陸上競技者のほぼ全員がクァイを履く。これがアメリカには気に入らんのでしょう。クァイが登場するまでは、アメリカ製品がナンバーワン・シェアだったから」

「あの状況で、クァイを狙うというのは、相当に難しいミッションですよね」

「もし弾が、選手の踵《かかと》にでも当たったら一大事です。だから雨宮さんの登場には感謝しています」

しばらく間があった。

「実は、そのことと関係していると思うのですが」

水田が切り出した。

「美竹大の小倉悠一監督です」

「驚きました。心筋梗塞《しんきんこうそく》、ということでしたが」

「美竹大のランナーも去年あたりから全員が『クァイ』を履いています。部の強制ではないそうですが、すぐに全員に浸透したそうです。その道の専門家が履けば、その善し悪しはたちどころに分かってしまうのでしょうね」

赤地に金色の「K」。各大学もチームカラーに合わせたクァイを履いているが、美竹大の色合いが抜群に良いと湊は思う。

「ご存じのとおり、クァイは中国とドイツの共同開発のシューズです。今、世界中のランナーに爆発的に広がっています。市場は正直で残酷です。以前から、多くの有力校が『パトリス』とスポンサー契約をしていました。しかし選手たちは勝つためにクァイを履きます」

パトリスはアメリカを代表するスポーツメーカー。少し前までは、アスリートの足元は揃って「P」のロゴが付いていた。

「パトリスは市場原理に淘汰《とうた》されました。アメリカの、まさに足元が揺らいでしまった。そんな中、美竹大にスポンサー契約を要求してきたようです」

水田の目を見て湊はうなずいた。

「要求、ではなく、申し出、ですね。スポンサー契約はチームにとってたいへんにありがたいことですから。ウエアもタオルもなにもかもが手厚く支給されます。しかしそうなると、ランナーはパトリスを履かなくてはならない。これがメーカーとしての最大の狙いですから。ですが、市場の趨勢《すうせい》は『クァイ』です。もしチームが『パトリス』と契約すれば、部員からも不満の声が上がるでしょうし、それで結果が出なければOBからも文句を言われます。『パトリス』を履いて勝ち切れば良いのでしょうけど、美竹大よりも強いチームが『クァイ』を履く以上、勝つのは難しいことでしょう」

「パトリスの要求を、美竹大が蹴《け》ったということですね」

「チームの監督として当然のことです。ひょっとすると、他の有力大学にも同様の申し出があったのかもしれません。しかし結果は、ランナーたちの足元を見れば一目瞭然《いちもくりようぜん》です」

おそらく――水田会長は美竹大・小倉監督から相談を受けていたのだろう。

湊はパトリスの思惑を考えた。パトリスとスポンサー契約を結んだチームが総合優勝をすれば万々歳。しかしそれは無理筋だとパトリス側も分かっている。だが往路優勝ならば。この駅伝大会、往路に目立った活躍が期待されたのは美竹大だった。パトリス――つまりアメリカはそこに狙いを付けたのではないか。

「要求を蹴ったことと、彼の急死。無関係とは思えない」

水田が重々しく言った。

「もちろん私の憶測にすぎません。なにひとつ証拠なんてない。ですが、急速に血管を詰まらせ、死に至らせる薬物は存在します」

「ほんとうですか」

「アメリカは私を取りこもうとしている。しかし私は頑として首を横に振る。それで、私の周辺を狙ってくる――そんなことも考えてしまいます」

護《まも》るものを剝《は》がす。ゴーリィに揺さぶりをかけてゴールを狙うことと一緒だ。

「アメリカは、目的のためなら容易に人を消します。だから私も、そのうち消えるかもしれません」

「そうはさせません」

「彼らを甘く見てはいけない。やると決めたら、それを防ぐことは不可能ですよ。今のところ、私には彼らに付く可能性が残されているから、こうして無事でいられるのかもしれません」

「そのお言葉を首肯するわけにはいきません。必ず護ります」

ふふふ、と水田は笑った。鼻と口と半分で笑うような不気味な笑みだ。

「具体的なことは言えませんが。過去にも、結局は彼らの言いなりになった人間が大勢います。昨日まで元気だった有名人が突然亡くなることがあるでしょう。あれはアメリカの仕業ですよ」

「そういった陰謀論、ときおり耳にします」

「5年ほど前でしたか、男性の人気タレント、事故で亡くなりましたね。あれもそうです。彼と付き合っていた女性の父親こそが狙いでした。結局、父親はアメリカに屈した。次は娘だぞ、というメッセージを感じ、泣く泣く白旗を上げたのでしょう」

それこそが陰謀論の典型だと思うわけだが。湊は黙るしかなかった。

そのとき、相沢丈夫からのメッセージが入った。

「スクランブル」

スクランブルとは緊急発進。これもアメフトでも使う用語で、決められたプレーが守備側に潰されそうなとき、クォーターバック自らがボールを持って敵陣に走り込む。緊急事態とも取れるが、発進している以上は相沢は無事である。

その旨を、湊は水田に告げた。

「寝る間もないでしょうに、わずかな時間を見つけて、湊さんのことを気にかけている。良き友ですね」

湊は頭を下げるしかない。

「友と言えば、藤崎さんというジャーナリストをご存じですか」

「藤崎貴恵さんですね。高校時代、アイスホッケーの取材を受けたことがあります」

「彼女から、取材の申し込みがありました。湊さんのことも良く知っているということでした」

「彼女はスポーツ記者ですが……駅伝中止に関することでしょうか」

「環境問題にも関心が高いということでした」

藤崎貴恵は大手製紙会社の経営者一族である。タレスとの業務提携など、踏み込んだ思惑もありそうだった。

「お親しいようですね」

「高校のとき以来、会っていません」

「では、再会の一夜となりますね」

タイミングよくオフィスの扉が開き、肩幅のある女性が入ってきた。藤崎貴恵に違いなかった。

25

水田会長は今から藤崎貴恵の取材を受けるという。

湊は藤崎と型どおりの挨拶《あいさつ》を交わした。

ここに残るもよし、辞するもよしと水田会長に言われたが、湊はオフィスの外で待つことにした。

湊が電話をかけると、相沢はワンコールで出た。

「だいじょうぶか」

「だいじょうぶだいじょうぶ。黙って消えてすまん」

「藤崎貴恵は、なにをエサにお前に近づいたんだ？」

相沢が唸《うな》り声とともに黙った。

捜一の刑事が忽然《こつぜん》と消えた。相沢ほどの男が連れ去られるはずもない。思わぬ人物が現れた。それは情報提供者。湊に告げずに消えたのは、その会話を湊の耳には入れたくなかったからだ。

先の挨拶のときに確信した。彼女は店で感じた甘い香りと同じ香水をまとっていた。

「どこまで知ってるんだ」

「だいたい知ってる。秘密主義もいいかげんにしろ」

「彼女に会ったな」

「会ったよ。彼女とは旧《ふる》い付き合いだ」

「……情報提供だ。お前の耳に入るのを避けたんだ」

「そう思ったさ」

「狙撃《そげき》犯のことだ」

「例の手記のか」

「生きてるらしい。あの手記は捜査の攪乱《かくらん》だと」

「なぜ彼女がそれを知ってる」

「仕事柄オリンピック関連に人脈がある。射撃の選手にも知り合いが多い」

そういう繋《つな》がりもあるのだろう。湊は無言でうなずいた。

「ここまで、かな。もちろんガセネタの可能性もある」

「なぜ相沢があそこに来ることを知ってた」

「SPの方ですね、と声をかけられた」

「手柄を焦って、オレに成りすましたってわけか」

「バカ言うな。そういうネタなら、オレに話す方が本筋じゃないか。それを手早く説明すると彼女は納得し、一緒に階段を下りた」

相沢が無事でなによりだが、この件に関しては湊の勘が騒がなかったのも事実なのだった。

20分ほど経ち、オフィスのドアがあいた。

「湊君、ご活躍ですね」

先の挨拶のときとは声の張りが違う。久しぶりに、自分に向けられた声だった。


午後10時。風はやんだ。港の夜にはどこか温かみがある。

湊は本庁に戻る前に、藤崎と話すことにした。

宵闇の山下公園のベンチに並んで腰を下ろす。このベンチに座るのは湊がアイスホッケー高校代表のときに仲間と訪れて以来。横浜と釧路では海の匂いが違うな、などと話したりした。

美彩の動画チャンネルを見たことを湊は伏せた。藤崎は近況を滑らかに話し始めた。

フリーのジャーナリストとして、スポーツに限らずに記事を書いている。今はノンフィクション本を上梓《じょうし》すべく取材を進めている。主役は雨宮佐知子。藤崎は雨宮とのパイプを持っているわけではないが、家業の関係で水田昭一郎とは繋がりがあった。雨宮取材の道筋をつける相談にやってきたという。

「湊君ね。9月の総裁選、雨宮さんは出馬するでしょう。きっと圧勝する。一連の事件から無事に復帰したことがなにより大きい。圧勝のタイミングで、本を出したいの。我が国初の女性総理誕生よ」

「水田会長からの申し出であれば、大臣は時間を作るかもしれません」

「SPの湊一馬にも取材をお願いしたいの。あの現場に居合わせたんだから。私、湊一馬については、誰よりも詳しいつもり。ただし高校卒業まで」

「なにも喋《しゃべ》りません。SPの口は呼吸と食事を摂《と》るためだけにある」

「湊君。なにハードボイルドなセリフを吐いてるのよ。横浜の風に当てられたの？　湊一馬は釧路出身の田舎っぺなのよ」

「失礼な。釧路ほど良い町はありませんよ」

湊は苦笑して貴恵を見た。最初に名前を呼ぶ言葉ぐせも変わっていない。貴恵も豊かな頬をあげて笑う。

「それは私も知ってる。一流のSPになれたのはゴーリィ経験のおかげでしょ。だったら私にも利子くらいくれてもバチはあたらないはずよ。なぜ、雨宮大臣は湊一馬を重用するのか。される側からの答えがあるはず」

湊は口元を緩めた。相変わらずの攻撃的な口調が懐かしかった。

「とにかく喋れませんから。いくら藤崎さんの頼みでも、そこははっきりとさせておきます」

「湊君、二度も私のお願いを無下にするつもりなのね。覚えてるでしょ。実業団入りを蹴《け》ってこっちへ来たときのこと」

「強烈な平手打ちをいただきました」

「私、あれが最初で最後の暴力。……たぶん。でも最強のゴーリィなんだから、痛くも痒《かゆ》くもなかったでしょ」

「めちゃくちゃに痛かったです」

「嘘おっしゃい」

「あの痛みは、パックの直撃とはまた別モノです。しばらく痺《しび》れが取れませんでした」

貴恵のふくよかな頬が揺れている。

「湊君、お願い。12年ぶりに再会したんだから、少しは話してよ。差支えない範囲でいいから」

「そちらは聴き出すプロです。その差支えない範囲が広がっていくに決まっています」

「厳しいディフェンスね。さすがゴーリィ」

「諦《あきら》めてください。いくらパックを打っても無駄ですよ」

「まあ、そういうことは大臣から聞けばいいことだけどね」

湊は胸の中で首を横に振った。雨宮佐知子は見た目以上に狡猾《こうかつ》だ。いくら水田会長の紹介があるとはいえ、昨日今日会う記者にぺらぺらと本音を話すはずもない。先の復帰会見で見せたピント外れの大演説。あの調子で煙に巻くに違いない。

「でも、今夜は再会できてよかったわ。横浜まで来た収穫があった」

湊は黙ってうなずいた。貴恵が相沢丈夫に接近したことには触れないでいた。

「じゃあ湊君、取引しましょう」

貴恵は言った。

「湊君、捜査員じゃないけど。この件にかなりコミットしてるし。私がつかんでいる取っておきの情報を教えるから」

「勘弁してください。困ります」

「鉄壁のゴーリィを前に、まったく埒《らち》が明かない。だから勝手に喋るから」

「聞きませんよ」

湊が腰を上げようとすると、存外に強い力でジャケットの裾《すそ》を引っ張られた。

「取引云々《うんぬん》は措《お》いておいて、とにかく聞いて。芦ノ湖の事件、あれ、実は最初からかなりドロドロしてたのよ」

湊は宵闇の中で首を横に振った。表情を悟られてはいけない。

「事件の前から、ずっと駅伝の取材をしてたの。美竹大、かなりヤバかったのよ」

「ヤバかった？」

つい反応してしまった。それを見逃さなかったとでも言うように、貴恵がにやりと笑った。

「清水翔。往路のアンカー。彼が水田昭太郎の孫ってこと、もちろん知ってるわよね」

湊は短くうなずいた。

「素行不良。昭和の悪ガキって感じ。今どき珍しいタイプかも。現役入学の1年生だから18歳かな。飲酒に女性関係。長距離選手だから、さすがに喫煙はしないけど。このご時世、未成年の飲酒はアウトでしょ。でもそこは水田会長がなんとかもみ消したわけよ。どのくらいの金が美竹大に渡ってるかは見当もつかないけどね」

そういうこともあるだろうと湊は思う。素行不良を補って余りある実力を、清水翔は持っているのだ。

「ここまでは、まあ大目に見るとしてよ。ヤバかったのは試験の不正行為。かなりヤバい。提出レポートのコピペ。これがバレちゃった。美竹は私学の範となる大学だから、そういうところ、日本一厳しいのよ」

「日本一厳しいんですね」

「コピペって自分で考えない、思考放棄でしょ。そういう学生はいくら突出した部分があっても認めない。そう学長は明言してる。特に運動部員には極めて厳しい。どの部活でもそう。部活同士も牽制《けんせい》し合ってる。美竹大は野球部とラグビー部と陸上部が犬猿の仲でね。高校生のスポーツ推薦枠を奪い合ってるの。不正をすれば内部リークで必ずマスコミにバレる。不正をしたのになぜ試合に出てるって。ＯＢたちも黙ってない。だから大学は断固として処分する。退校とまではいかないまでも、謹慎はマスト。その間に山ほどのレポートを仕上げて、ようやく部に復帰できるのよ」

「そのこと、正月の事件前に知っていたんですか」

貴恵がうなずく。

「取材源は言えないんだけど。そんな雰囲気だから部員たちも知ってるわ。あんなヤバいやつがなんでエントリーされるんだよって。一般論としては、エントリーに漏れた学生から不満の声が漏れてくる。でも清水翔、悪童だけどいいヤツでね。同期にも好かれて、上級生にも可愛がられるタイプ。もちろん長距離ランナーとしては抜群。あれで素行さえ良ければ。人間、なにもかもが揃うことなんてないのね」

そう言えば……気のいい新人が入ったと雨宮は言っていた。

「雨宮さん、清水のことを〝気のいい新人〟って言ったらしいけどね。湊君って競馬やる？」

　思ったことを口に出されて驚きながらも、湊は首を横に振った。

「競走馬で〝気がいい〟って、暴れ馬のことなの。そういう馬が走るのよ。雨宮さん、規格外が好きなのね」

「ひと昔前なら、どうってことないんでしょうね。選手としての力があれば」

「昭和の時代には、答案用紙に手形を押しただけで卒業した相撲部員もいたそうだけど。今はダメ。選手である前に学生なんだから。きちんと授業に出る。一定の成績をあげる。それができないと、いくら水田昭太郎の力を以《も》ってしてもダメ。にもかかわらず、って話よ。現実に清水翔は箱根路を走った。なぜだか分かるわね」

　雨宮佐知子。現役閣僚のゴリ押しだ。

「だから大臣は堂々と選手の輪に入れた。清水翔を迎え入れる資格があったってわけ。とりあえず、それで清水翔のエントリー問題は収まったわけね。だけど、あんな事件が起きてしまった」

「清水君の件、事件とは無関係ですよね」

　貴恵がうーんと唸《うな》った。

「偶然が入り組んでいるようにも見えるけど、そうでもないとも思える。もし大学側の処分に対し、水田会長が異議申し立てをしなかったとすれば、大臣の出る幕はないでしょう。ゴリ押しする必要はないから。でも問題児の清水翔が5区を走ったから、結果的に雨宮大臣は撃たれることになったのよ」

もしも清水翔のエントリーに問題が起こらなかったら、小倉悠一監督は雨宮大臣のゴール観戦を許すことはなかっただろう。

しかし犯行声明によれば、スナイパーは清水翔のシューズを狙っていた。雨宮大臣がしゃしゃり出てきたから標的を変更した。

禅問答のようだと湊は思うわけだが……どちらにしても雨宮佐知子が清水翔を救ったのである。

「どう、湊君。なかなかの情報でしょ」

「感服しました」

「そのこと、雨宮大臣に聞けないかな、ってことなのよ」

「無理です」

「雨宮佐知子は二度も清水翔を救ってるのよ。一度目はエントリーの手助け。二度目は標的の身代わり。なにも隠し立てすることじゃないわ」

「閣僚のゴリ押しはまずいでしょう。美竹大もヤバいことになる。彼女はなにも喋《しゃべ》りません」

「だけど質問をぶつける価値はある。答えがノーでも、重ねた取材データから類推記事を書くこともできる」

「では、雨宮大臣は全面否定したとはっきり書いてください。いや、取材は受けないだろうから、一顧だにしなかった、と」

ふふふ、と貴恵が微笑んだ。

「湊君、完全に同一化してるわね。SPも秘書と一緒ね。でもこの話、ほぼ事実よ」

湊は背筋を伸ばし、ひとつうなずいた。

「決意が揺らいで、話が続いてしまいました。こういうの、やっぱりプロにはかないませんね」

うふふ、と貴恵が微笑む。

「ではこちらからも、ひとついいですか。狙撃《そげき》犯について、なにか知っているんですね」

「湊君！」

貴恵が二重顎を震わせて顔を引いた。

「射撃のオリンピック選手なんですか」

「情報共有のスピード感、さすがね。しょうがない。湊君だから言うわ。もちろん私の勘なんだけど。リオでメダルを獲《と》った選手。彼に取材したことがある。アメリカから声がかかったって」

「ウチが面倒見るよ、という……」

「将来を見据えたヒットマン養成かも。まさかとは思うけど。湊君、オリンピックに詳しい？　リオの50メートルライフルのメダリスト、知ってる？」

湊は口を結んで首を横に振った。

「で、彼はどうしました」

「もちろん、そんな誘いには乗らなかった」

「でも、藤崎さんは彼が怪しいと思ったわけですね」

「そうじゃない。彼は中国人」

「中国人！」

「アメリカはメダリストに唾《つば》を付けようとした。その事実を相沢さんに話してあげたわけ。それをどう受け取るか、後はあっちの仕事でしょ」

湊は小さくうなずいた。藤崎貴恵の勘の鋭さ。なにげない取材での会話、冗談ともとれる会話を決して忘れない。それが実行犯特定につながる可能性もゼロとはいえない。

手記が狙撃犯のものかどうかはさておき、あれを読めば誰でも実行犯は日本人だと思う。だがそうとは限らないのかもしれない。

ただし、幕張での現場には怪しい外国人はいなかった。いちいち入場者の身分証を確認したわけではないが、外国人ならば顔を見れば分かる。その外国人は狙撃とは無縁の御仁や御夫人ばかりだった。

オリンピックでメダルを獲るような狙撃手は容疑者候補たりえる——そういった可能性。きわめて薄い線には違いないが、雨宮大臣のハイヒールの踵《かかと》を撃ち抜くミッションができる人間は、そうざらにはいないのである。

藤崎貴恵の情報を捜査本部がどう受け取るか。それを相沢に問いただしたかった。

低く霧笛が鳴った。

26

夜が更けるにつれて暖かくなった。海の香りが穏やかに流れてくる。

そこに一閃《いっせん》、筋のような冷たい空気を湊は感じた。

すぐに立ち上がって振り返る。茂みがあり、その向こう側に国道。茂みが鬱蒼《うっそう》としているせいでホテルやビルの灯《あか》りが届かない。

「どうしたの」

貴恵が言った。湊は海側に向き合った。男の影が三つ、ゆっくりとこちらに歩いてくる。

「走る準備をしてください」

「湊君、なに？　どういうこと？」

「後ろの茂みから道路に抜けて、ホテルのフロントまで走ってください。すぐに110番通報を」

湊は歩いてくる男三人に近づいた。男たちの足が止まる。

「なんか用か」

湊が言った。二人は背が高く180センチ前後。真ん中にいるのは160センチくらいの小太りだ。

「その女に用がある。藤崎貴恵だな」

小太りが言う。

「なんの用だ」

「お前には関係ない」

「話をしている。邪魔するな」

「お前は誰だ」

「お前らには関係ない」

小太りが顎《あご》を振り、大男二人が湊を囲んだ。

右から拳《こぶし》がきた。湊はそれをいなして男の右腕を取り、逆手《ぎゃくて》に極《き》めて突き放した。

男は呻《うめ》きながら後退する。

「藤崎さん！」

湊がゴーサインを出した。

「このやろう！」

左の男が湊の襟首をつかんだ。その瞬間、湊は身をかがめて男の顎にアッパーカットを叩《たた》きこんだ。見かけ倒しの大男だ。ゴーリィ経験者から見れば、男どもの動きはスローモーション以下だ。

小太りが残った。

「さあ、ここから先はどうする？」

湊は小太りを睨《にら》みつけた。短髪で細い目。その目がわずかに上ずった。唇の端には笑みがある。

湊は踵《きびす》を返して茂みに飛び込んだ。賊はまだいる。

道路に出ると、ワゴン車の脇に男が二人。誰かを車内に押し込めている。

湊は拳銃《けんじゅう》を抜いて走った。男たちが車内に乗り込み、左脇のドアが閉まる。湊は飛び込み、銃のグリップにある脱出ハンマーで助手席の窓を叩き割った。車が急発進する。窓ガラスの奥に貴恵が倒れている。湊は窓から手をこじ入れて把手を握った。その手を激しく叩かれた。身をひるがえしてワゴン車の上に乗る。その瞬間、急ブレーキがかかり湊の身体が飛んだ。ボンネットに尻《しり》を打ち、路上で受け身を取った。車は湊を避《よ》けずに発進する。湊はジャンプしてフロントガラスに飛び込み、ワイパーにしがみついた。ハンドルを握る男が目を丸くしている。湊は拳銃をガラス越しに男の顔に向けた。男が左手で自分の顔を隠す。また急ブレーキ。湊の左手はワイパーを放さず、拳銃を思い切りフロントガラスに叩きつけた。ひびが入り、さらに打ち付けるとガラスが濁った。けたたましくクラクションが鳴る。湊はガラスをぶち破り、男の長髪をつかんで思い切り引いた。引きずり出した男を路上に落とし、今度は後ろ髪をつかんで街路樹の幹に頭を叩きつけた。これを三度繰り返すと、男は失神した。

車に戻ると貴恵がうずくまっている。気を失ってはいるが無事のようだ。

SPの特別訓練が初めて生きた。車に拉致《らち》された要人を救う想定での「車両騎乗」だ。まずウインドウを、拳銃のグリップ下部に特別に装着してある「脱出ハンマー」で割る。走る車になんとかしがみつく。スタントマン養成のような極めて難しい訓練で、A評価を受けたのは湊ただ一人だった。

27

サイレンの音が近づいてくる。

季節が過ぎた。

9月。任期満了に伴う自民党総裁選。これに雨宮佐知子環境大臣が出馬した。世間は色めきだった。対抗馬に男性三名が出たが、雨宮の人気は圧倒的である。雨宮佐知子は過半数を獲得し、決選投票を経ずに総裁となった。

党員の支持も厚かったわけだが、なにより国民からの大きな期待感。雨宮佐知子ならばきっと何かをやってくれる。日本のために身を粉にして働いてくれる。そんな期待感である。特に女性、そして年配者からの人気がすさまじかった。

その人気も考慮せざるをえなくなり、党がまとまった。これだけの人気者を御輿《みこし》に担がないわけにはいかないのである。

一連の狙撃《そげき》事件の被害者になり、復帰したことがとにかく大きかった。顔に傷を負いながらも気丈にふるまう姿に、日本国民は感心感動を余儀なくされたのだった。

雨宮の最大のライバル、対立候補の小田原誠・文科大臣の失脚も雨宮の追い風となった。投票の1週間前、週刊誌に女性スキャンダルが報じられたのである。銀座《ぎんざ》のクラブ経営者との不倫関係。数年前から関係を重ねていたというのだが、文科大臣就任時の「身体検査」には引っかからなかった。

小田原はアメリカに刺された——。湊はそう思う。

アメリカが雨宮佐知子を担いだのである。日本国民の雨宮総理に対する期待感は膨らむばかりだった。アメリカが膨らませたのだ。

湊は思い出す。

2年前、湊が雨宮の警護についたばかりのときのことを。

雨宮大臣を自宅マンションへ送り届けた。そのときは湊が運転手を兼務していた。二人きりの夜だ。

「なにか、質問、してくれないかな」

唐突に雨宮が言った。質問ですか、と返すと、「そう、質問」と頬を上げてほほえんだ。

「野党の質問を受けるのが私の仕事。そうじゃなくて、プライベートなこと」

「プライベートですか」

鸚鵡返《おうむがえ》し。これが要人の問いに対する基本姿勢である。その「間」の取り方を湊は体得していた。

雨宮がバックシートの暗がりで黙ってうなずいた。湊を見る雨宮の眼差《まなざ》しは射るようだった。

「では……なぜ、この世界を志されたのか」

「日経新聞？　私の履歴書みたい」

湊は苦笑して頭を下げた。

「でも悪くない。再認識できそう。私、二世でもないしね」

湊は内心で息を吐いた。底の浅い問いのようにも思えたが、少しは大臣の胸を打ったようである。

「法科に入ったから。この世界に行く先輩や同僚は大勢いたし。よく言うでしょ。あなたがそういう人間になりたいのなら、そういう人間と付き合えって」

この答えこそ悪くない、と湊は思い、バックミラー越しに雨宮の目を見た。大きな瞳《ひとみ》がなにかを思い出すように上を向く。

「その法科に入れたのは、いじめに遭ったから」

「いじめ、ですか」

「小学生のとき。いじめっていい加減な言葉ね。犯罪そのもののひどいものもあれば、そうじゃないものだってあるのに。私の場合は、たわいのないこと。友達のからかいだった」

「何年生のときですか」

「4年生の秋。10月10日」

「はっきり記憶されているんですね」

「体育の日。運動会の日」

「秋の運動会ですね」

「なにがあったかわかる？」

「……大臣はリレーの選手で、チームが優勝を逃して、その責めを負ったとか」

「たしかにリレーの選手だった。でも走れなかった。途中から大雨が降ってきて、リレーは中止になったの」

「残念。秋の天気は変わりやすいですからね」

「それがいじめの原因」

「雨が？　ああ、そうか。お名前ですか」

「そう。おまえのせいで雨が降ってきたって」

湊は口元を緩めてほほえんだ。雨宮がいたから雨が降った。小学生のたわいのない発想だ。

「男子にそう言われて、泣き出しちゃった。女子たちはかばってくれたし、担任の先生も男子を叱責《しっせき》したんだけどね。でもそれ以来、雨が降るたびに、いえ、雨が降りそうになるたびに気持ちがふさいでしまって」

「可哀相に。自分のせいだって思ってしまいますよね」

「それで不登校。雨の日限定だけどね。雨空を見上げると頭痛がしてくるの。病は気からって本当ね」

「それがなぜ東大法学部へ、ということですよね」

「学校に行きたくないから、家庭教師をつけた。塾へも通ったの。中学受験の塾」

「不謹慎なたとえですけど、ケガの功名、でしょうか」

「そうかも。だから私は雨宮姓に感謝すべきなのかしら。こうしていられるし。でも、って思うのね。あのときに男子にからかわれなかったら。塾に入り浸ることはなかったでしょう」

「だとしますと、どうなりますかね」

「東大はムリかも」

「それはそれで、普通に入れたようにも思いますけど」

「短距離走の腕を磨いて、オリンピックに出てたかも」

そんな会話を、雨宮佐知子が総理大臣に上り詰めたときに思い出すのだ。雨女とからかわれ、幼い心を傷つけられた少女が、内閣総理大臣になった。

28

日曜日の午前11時。湊は雨宮邸に招かれた。ごく内輪でのお祝いである。

不思議な心持ちがした。数えきれないくらいここを訪れているのに、湊が中に入るのは初めてのことだ。公務を終えた雨宮大臣を送り届けたときには、いつでもドアの前で回れ右。何度となくお茶に誘われたが、湊は短くはっきりと首を横に振った。何度断っても雨宮は誘いをやめない。湊は苦笑などせず、その都度真剣なまなざしで雨宮を見つめ、峻拒《しゅんきょ》したものだった。

今日は休日。甥《おい》の生島耕太もテーブルにいる。引っ越し前ということもあり、生島を通した誘いを湊は承諾した。ただし酒は飲まない。その方便としてバイクでやってきた。

湊がケーキを手土産に部屋に入ると、生島がテーブルで白ワインを飲んでいる。色白の顔が赤らんでいて、すでに御機嫌の体だ。

リビングの壁に湊は瞠目《どうもく》した。アイスホッケーのスティックが飾ってある。赤いスティック。雨宮が欲しいとねだるので、湊が贈ったものだ。さすまた代わりになると雨宮は言ったが、これを使いこなすことは難しいと湊は胸の中で苦笑した。

雨宮佐知子には派手やかなイメージばかりが目立つが、実は大勢での食事は得意ではなかった。話すのも食べるのも、忙しいことが嫌いなのだ。この場に招かれたことに湊は感謝した。自分の役割は食事を愉《たの》しんで相槌《あいづち》を打つだけ。ほとんど喋《しゃべ》らなくていい。

湊がバイクで来たことを話すと、雨宮が「どうして！」と声を荒らげた。眉《まゆ》に皺《しわ》を寄せて湊を睨《にら》む。

「ワインに合うご馳走《ちそう》、用意したのに」

「ランチですから。アルコールなしなのかと」

「飲みなさい。近いんだし。バイクを置いて、タクシーで帰れば」

「そうだよ。走ってでも帰れる。いつものように桜田門に戻るわけじゃないんだから」

生島が笑う。湊も苦笑し、お祝いの酒を受けることにした。

食卓には野菜を中心としたご馳走が並んでいる。アボカドとエビとオリーブのサラダ、ズッキーニ、かぼちゃ、ニンジンのグリル。ローストビーフには青々としたブロッコリーとたっぷりのホースラディッシュ。カリフォルニア・キュイジーヌである。ワインはカリフォルニアの白と赤。休日のブランチに最高の食卓だった。

なにを話すわけでもない。朗らかに食べて飲む。「シャンパンもあるけど」と雨宮が言うと、生島は笑顔でフォークを左右に振った。

「今日はカリフォルニアの酒で通そうよ。ナパのスパークリングならいいけど。そうだ、忘れてた。預かりものがあったんだ」

生島がバッグから箱を取り出す。ウイスキーのようだった。それを受け取った雨宮が花のような笑顔になった。

「まあ、これは素敵。どちらから？」

「水田会長。まだまだいろいろとあるだろうけど、とりあえず戴《いただ》いた。オレ、アイリッシュウイスキーには詳しくないけど、相当にいい物でしょ」

「30年物の最高級品。アイリッシュ好きの私でさえ飲んだことない」

「さすがの見識だね」

「官邸に持っていこうかな」

「そうだね。すぐに飲むのがもったいない。飾っておくだけでもありがたみがあるよ」

「これは御守り。大願成就のときまで取っておくの。どれほど美味《おい》しいのか。それを愉しみに頑張るの。素敵でしょ」

その優しい口調に、湊は心から感心した。雨宮佐知子のゴールは総理就任ではない。米中と渡り合い、国益をもたらし、日本史に自分の名を刻み込む。この心意気があるから国のトップに立つことができた。

窓から初秋の陽が差し込んでいる。穏やかで和やかな時間。

それなのに、湊はときおり息を止めることがあった。

妙な違和感。柔らかい違和感。

職務で感じるような喫緊の危機感ではない。ただ、この空間にはなにがしかの悪意がある。そしてそれは——生島から発せられているものではないことも分かった。

「湊君も、たいへんだったね。ネエさんにとっても激動だった。1月2日から始まったんだよ。あのときも、このメンツだった」

雨宮は目尻《めじり》を下げてワイングラスに口を付けている。タフだな、と湊は思う。

「禍福はあざなえる縄のごとし、とは良く言ったもんだ。こう言っちゃなんだけど、アレと幕張の事件があったから、初の女性総理が誕生したんだよな」

「銃弾に屈しなかったから、って言って欲しいわね」

「そのとおり。だから圧倒的な人気を得た。もともと人気があったから、さらにさらにね。オレ、人気は青天井だって分かったよ。湊君の力添えも大きかったね」

湊は苦笑するばかりである。

「湊君はどうなるの。総理大臣のSPは別のセクションだろ。異動？」

「どうでしょうか。あそこには大先輩が大勢いますし。警護体制も大きく変わります。自分の出る幕はないかもしれません」

「総理は行動範囲が桁違《けたちが》いに大きくなる。湊君が居てくれなきゃ」

「そう言っていただけると嬉《うれ》しいです」

「トップの意向で、なんとでもなるんでしょ」

「なるでしょうね」

「じゃあ安心だ」

雨宮がちらりと湊を見て、うっすらとほほ笑んだ。

「でも、湊君の将来のためにも、あまりしゃしゃり出てはいけないのかも」

「将来って？　まさか転職？　今回のことで凹《へこ》んだのか？　まさかね」

湊は笑顔を浮かべて首を横に振った。

「ひょっとして、ゴーリィ復帰？」

生島は壁のスティックを指さした。

「湊君、まだ30だもんな。円熟の歳かもね。実務経験を経てすごみを増してるだろうし」

「陸《おか》に上がって、また氷に降りた人はいませんから」

「湊君くらいの才能があれば、なんでもできるよ。たとえば、刑事課への異動だってあるだろうし」

考えていたことを生島の口から言われ、湊は思わず背筋を伸ばした。

「いつだったか、愚痴ってたじゃないか。今の職務はもどかしいって。自分には捜査権がないって」

「そんなこと言いましたか」

「言った言った。いや、言ってないかも。そんなような顔をしてた。オレ、人の心が読めちゃうから」

湊は笑うしかない。

「そうそう、忘れてたわ」

雨宮がキッチンに引っ込み、レンジの音とともに戻ってきた。

皿にはハンバーガーが一つ。雨宮の嫌うファストフードである。

「メーカーからのプレゼント。新作の試食かな。どう思う？」

雨宮が上側のバンズを開けると、パテの上に鮮やかな緑。チンゲン菜のソテーが2切れ載っている。

「なんすか、これ」

「タレスバーガー。下にはきくらげが敷いてある」

「これを、売り出すっていうの？」

「さあ。試作品ってことらしいけど。タレスっていうのも仮の名前みたい」

「タレスってことは。チンゲン菜ときくらげは例のソーラーパネルでの副産物ですよね。アメリカのチェーンが中国と手を結んだってこと？」

「さあね。ご意見、お聞かせくださいって」

「ヤバいよ。これ、毒入りだよ。ファストフードのこと、さんざんディスってたでしょ。マジ、ヤバいわ」

生島が大笑いした。ワインの酔いも回っている。

「じゃあ、毒見、お願い」

雨宮も微笑んで右手の先を生島に向けた。生島は少し目を丸くして、トランプをめくるようなしぐさで自分の右手を湊にかざした。

「承知しました」

湊はナイフとフォークでバンズを4等分し、その一つを口に入れた。

悪くない。パテが甘辛い。湊が高校生時代に食べたテリヤキバーガーに似た味。しかしチンゲン菜ときくらげの歯ざわりが良く、中華風で美味しい。バンズの風味も味付けに合っている。

その感想を口にすると、「へえ」と雨宮は感心し、紙を差し出した。成分表示表である。パテは米国産豚肉、バンズは小麦不使用、米粉で作ったものだった。

「ネエさんに白旗を上げたんだ。タレスバーガーを出すから、もうディスらないでくれって。なんたって内閣総理大臣なんだからね。でも、こんなもの、大学生たちが食べると思う？」

「年配者に受けそう。経営戦略かも。これまで、高齢者はターゲットじゃなかったでしょ」

「コーヒーじゃなくて、昆布茶《こぶちゃ》かなんかを出す。ネエさんがこれを美味《うま》いと認めたら、雨宮バーガーで売り出すでしょう。絶大な人気商品になるよ」

食卓は笑いに包まれている。アメリカ資本からのタイムリーな贈り物。皿の上には4分の3切れが残ったままだ。雨宮も生島もこんなものは相手にしていない。

「そろそろ、コーヒーを淹《い》れましょうか」

雨宮佐知子の鈴を転がすような声がした。

29

雨宮大臣の警護が最後となる日。その夜は早く公務が終わり、雨宮邸には午後7時に着いた。

湊はレインボウカラーのレジメンタルタイを締めている。

朝から今まで、不穏な空気を感じることなどはなかったが、現職の掉尾《とうび》となる職務になる可能性が高く、自分なりの正装をと気を引き締めたのである。自分を重用してくれた雨宮大臣への、敬意の気持ちも強かった。

総理官邸に居を移すために引っ越しの準備中だった。持ち込む物の選定である。自宅マンションなので引き払うわけではないが、早々にここに戻るようではいけないとの決意もあるのだろう。

いつものようにドアの前に立つ。

「とりあえずのお別れかな」

雨宮が言い、湊がうなずく。

「いつもいつも、ほんとうにありがとう。お世話になりました。しばらく、ゆっくり休んでちょうだい。また必ず連絡するから」

いつもの茶の誘いが、今夜はない。

静かにドアが閉まる、そのときだった。

湊の全身に強烈な悪寒が駆け抜けた。

「ちょっと待ってください」

湊は左足をドアの隙間に差し入れた。ドアがすっと開く。視線がぶつかる。

「少しだけ、いいですか」

「まあ」

雨宮佐知子が大きな目を見開いた。

「最後の最後に……」

「いえ、そうじゃないんです」

湊は玄関に入り、ドアに鍵《かぎ》とチェーンをかけた。

「そうじゃないって、どういうこと」

「予感がしました」

「勘？」

「まさに今。ドアが閉まる瞬間でした。大臣を部屋に残すと危ない。そんな勘です。とにかく、確認します。ここに居て、いつでも外に出られるようにしてください」

湊は靴を脱いで部屋にあがり、窓辺を点検した。20階建ての最上階。角部屋。外部からの侵入は容易なことではない。どの窓にも厚いカーテンを引いている。

すべての部屋、バスルームまでを見回った。異状はない。湊は玄関に立つ雨宮を部屋に招き入れた。リビングのテーブルに向き合って座る。

「先日お邪魔した時のバイク、今夜回収いたします。30分くらい、ここで様子を見させていただいていいですか」

「いいわよ。来客の予定があるけど」

「どなたです」

「勝又君。書類を届けてくれるの」

勝又の大きな体軀《たいく》を思い浮かべ、湊はうなずいた。

「虹丘美彩さん、知ってるわね。言ってもいいと思うけど。結婚するのよ、あの二人」

「おめでたいことですね」

美彩からそのことを聞いたのは2月末。以降、勝又と顔を合わせても湊は余計なことを口にしなかった。美彩と連絡を取ったとき、「雨宮さんの大願が叶《かな》った後でゴールインする」と告げられた。女性初の総理大臣誕生が、二人へのゴーサインとなったのだった。

雨宮は手慣れた様子でコーヒーを淹れた。深煎《ふかい》りのフレンチコーヒー。カフェインは案外少なく、夜に飲んでも睡眠の妨げにならないと言う。雨宮はこれに生クリームをたっぷりと載せる。湊はブラックだ。

「湊君の勘って、野球の打率でいうと、どのくらいなの」

「5打数で2安打くらいでしょうか」

「4割か。結構な打率ね」

「全部外れたほうがいいんです」

「今後も、湊君に警護してもらえるのかしら」

「そこなのですが」

湊はマグカップをテーブルに置いた。

「異動になるかもしれません」

「SP以外の部署に？」

湊はうなずいた。

「刑事部へ、異動願いを出そうと思います」

「命が惜しくなったのね」

雨宮が怪しく微笑む。湊も頬をあげて笑顔に応じた。

「反省も、もちろんあります。ですが一番の理由は、当事者でありながら、捜査に参加できない無力感です」

「異動は叶わないと思うな」

「なぜですか」

「私が潰《つぶ》すから」

うふふふ、と雨宮が笑った。

「信頼をいただき、ありがとうございます。ですが、そういうことですと、私は上がらなくてはいけません」

湊は「上がる」というアイスホッケーの隠語の含みを説明した。

「それなら潰さない。別で経験を積んで、戻ってきてちょうだい。私、そう簡単にはイスから降りないから」

「むしろ、大臣のお力添えで、異動を進めていただきたいのです」

「そんなにしてまで。……もちろん、お安い御用だけど」

「たとえば、今回の事件の真相に迫りたいんです」

雨宮は形の良い唇を閉じて湊を見据え、少し首を傾げて見せた。

「真相って……。中国マフィアの暴走なんでしょ」

「そうとは思えません。そのへん、今の立場では類推するばかりで、隔靴掻痒《かっかそうよう》です。だからぜひ、雨宮大臣の胸のうちをお聞かせ願いたいのです」

「私の胸のうち？」

「総理の座を手中に収められた今、なにもかもを晒《さら》していただけませんか。僭越《せんえつ》ですが、私にはそれを聞く権利があると思います」

「私は被害者だし……。真相を晒せと言われても」

「大臣はなにもかもをご存じのはずです。結局はアメリカの力ですね。総裁選のライバルだった小田原大臣の失脚。あのスキャンダルもアメリカの仕業ですよね」

「小田原さんはライバルでもなんでもないでしょ。アメリカの仕業って言っても、スキャンダルは事実なんでしょうから。ろくでもない人間だったってことじゃない」

「これ以上ないタイミングです。どの政治家も大なり小なりアメリカに弱みを握られているのではないでしょうか。アメリカはいつでも切り札を使うことができる。今回は、雨宮大臣にもっとも有利なタイミングで小田原さんを失脚させた。つまり、大臣はアメリカの後ろ盾を得たのではないでしょうか」

「面白い仮説かも。でも、そんなものがなくても、あんな人には負けません。女性初の総理だから、そういった陰謀論も、きっとたくさん出てくるんでしょ。私、そういうの、まったく堪《こた》えないタイプなの。湊君も知ってるでしょ」

「事件の当事者としての仮説をお話しします。芦ノ湖の事件、そして幕張の事件。あれは狙撃手《そげきしゅ》の手記にもあったとおり、アメリカの揺さぶりですね。親中のスタンスを捨てて、こちら側に来いと。もちろん、タレスの水田会長と雨宮大臣はセットです」

「面白いかも。お茶受けにぴったり。どうぞ続けてちょうだい」

「その後、美竹大の小倉監督の急死などがありましたが、どこかのタイミングで、雨宮大臣がアメリカに屈した。私はそう思っています」

「その見返りというか報酬が総理のイスってわけね」

「しかし水田会長は屈しなかった。しかし最後には屈した。大事な孫やその大学に揺さぶりをかけられ、耐えきれなくなったのかもしれません。そこには雨宮大臣の説得もあったと思います。いや、屈したふりかもしれない。いったん和睦《わぼく》する。その後はその後のこと。ひょっとしたら、雨宮大臣はそのようにおっしゃったんじゃないですか」

「口が過ぎますよ」

雨宮の眼差《まなざ》しが湊を射貫《いぬ》く。それを湊は真正面から受け止めた。

「この仮説、なにもかも筋が通ります」

「湊君の頑固さ、私も知ってるつもり。じゃあ、今の仮説を認めたら、異動届を取り下げてくれる」

「取り下げます」

その代わりに、湊は退職願を出すつもりだった。

「あなたは、なにもかもがアメリカの仕業と言った。でも芦ノ湖の件はアメリカらしくない。日本最大級のスポーツイベントを潰すようなこと、あのスポーツ好きの人たちが考えるかしら」

「だからこその決意表明とも受け取れる。それすらもやるぞという強い意志です。大臣とタレスが欲しい、と。そして近い将来的の、防衛費についても」

「防衛費にまで飛び火するの？」

「アメリカは日本に武器を売りたい。政府はその要求を呑《の》まざるを得ない。失礼ながら、誰が総理になっても同じなのでしょう。ところが、総理によって世論コントロールがまるで違ってきます。国民を納得させられる最強の総理は、雨宮佐知子以外にはいません。アメリカは、そういうところまで勘案していますね」

「筋を通したがるようね。今後の日中関係を見ててちょうだい。私が総理になって、一番喜ぶのは中国じゃないかな」

「もちろん、大臣の御手腕、期待しております」

「はっきり言って、両大国の思惑は分からない。それこそ勘案するしかないの。だから湊君の仮説を認めるも認めないもない。でも再三言っているように、あなたを手放したくない。そういうことだから、その仮説を認めてあげる」

雨宮新総理が、湊の仮説を認めてしまった。

湊が知りたかったのは、どの時点でアメリカに寝返ったのか、ということ。

幕張の事件で顔に傷を負った。このことで総理になるための大きなアドバンテージを得た——そう思い定めたのではないか。勝又が話していたように、雨宮佐知子はアクシデントをプラスに転じることの天才なのである。

あの長い療養中、アメリカとの密約が出来上がったのではないか。

「すっきりした？　コーヒー、もう一杯いかが？」

湊は背筋を伸ばして首を縦に振った。

30

二杯目のコーヒーを一口飲んだときだった。

強烈な恐怖感を覚えた。

先に玄関先で感じたものとは比べようのない妖気《ようき》。外国人のフォワード選手が両側からゴールに迫ってくる、絶体絶命の状況を思い浮かべた。

「身をかがめてください」

は？　という顔を雨宮がする。

「ここで一番安全なのはどこですか」

「どこも安全だけど」

「ベランダから階下に降りる設備ありますね」

「あるけど。なに、そんなにヤバいの？」

「身軽な服装に着替えて、靴も履いていてください。スニーカーが良いです」

雨宮邸の玄関には「クァイ」が数種類ある。

「面白くなってきたわね。でももう、襲われなくてもいいはず。目的を遂げてるし」

「襲うとすれば、誰でしょうか」

「中国じゃない？　あなたの仮説によれば、私はアメリカに付いたんだから」

「ヘリとか、呼べませんかね」

「そう思うなら、湊君が呼んで。でも勘が空振りだったら怒られるわよ。私も叩《たた》かれる。着任早々に傲慢《ごうまん》かまして、って」

雨宮が腰を上げて笑顔で寄ってきた。胸を合わせるようにして湊の顔を見上げる。どきりとしていると雨宮は湊の首に手をやった。ネクタイを外す。さらに湊の胸が高鳴った。

だが雨宮はそれを結び直す。自分の流儀とは違ってネクタイが何度も行き来する。

しっかりとした結び目ができあがった。いつもとは違い、自分の首元が重いと湊は思う。

「この柄、賑《にぎ》やかで好きだな。レインボウカラー。名前がいい。雨にお辞儀を。これを最初に着けたとき、そういう意図もあった？」

「いいえ、ただの偶然でしょうか」

「そうだ。クァイに湊モデルを作ってもらいましょうよ。とにかく賑やかな色合いのクァイ。悪くないでしょ」

雨宮が軽口を叩いたとき、チャイムがなった。優しい響きだが湊の胸を射貫くようなタイミングだ。訪問予定の勝又俊太郎だろうか。だが宅配業者でも1階で足止めを食らうはずである。

「中国かどうかはともかく、勘が当たりそうです」

湊はそう言って素早くカーテンを開け、ベランダの様子を探った。20階の部屋からは東京の夜景が見えるばかりだ。

「来たようね」

防犯モニターをちらりと見た雨宮が言った。湊もその画像に見入る。画面いっぱいに勝又の大きな顔と身体。

「なぜ1階で足止めを食らわないのですか」

「秘書たちはキーナンバーを知ってるから」

「勝又さんを部屋に招くのですか」

「書類を受け取るだけ。コーヒーくらいは御馳走《ごちそう》しましょうか」

「嫌な予感がします。仕切り直ししてください」

「勝又君よ。湊君もいるし、安心でしょ」

「ドアを開けないでください。今日を逃すと大臣は官邸へ行ってしまう。襲う側からすれば今夜しかない」

「考えすぎ。打率4割でも6割は三振なんでしょ」

「とにかく、私に任せてください」

湊は銃の弾数を確認し、気配を消して玄関に立った。

再度チャイムが鳴った。

「勝又さんですね。湊です」

「ああ、湊さん。いらっしゃったんですね。お疲れさまです。勝又です。書類を届けて、すぐにおいとまします」

ドアには郵便受けなどはなく、まさに鉄板だ。

だが、わずかにでもドアを開けるわけにはいかない。湊の勘が、そう断じている。

「勝又さん、申し訳ない。事情があって、ドアを開けるわけにはいかないんです。大変に失礼ですが書類をドアの外に置いていただけませんか」

「承知しました。大臣にはその旨の挨拶《あいさつ》をいたしまして、おいとまいたします」

ドアの向こう側で大男の気配が消えるのを確認し、湊は踵《きびす》を返してリビングに戻った。雨宮が携帯電話を耳にしている。雨宮の口調から見て勝又からだ。「あら」と雨宮が言う。途中で切れたようだった。

来客は去ったが、湊の胸には依然として悪い予感が渦巻いている。

階下に住むのは実業家夫婦。湊は着任時に挨拶に出向いていた。子どもは独立していて、広いマンションに70代の夫婦二人暮らしだ。「なにかあったら、いつでもどうぞ。協力します」と夫は話していた。

「大臣、ベランダから19階に降りてください」

「どうして？　そこまでする？　勝又、おとなしく帰ったんでしょ」

「お願いします。ここに居ないほうがいいです」

「階下への脱出なんて、ハリウッド映画じゃないんだから。湊君の勘、今夜は店じまいにしましょう」

「いえ。お願いします。スニーカーを履いてください」

湊は部屋の灯《あか》りを消し、慎重にベランダに出た。「避難はしご」の正方形エリアがある。火災などの緊急時に、ここを開けてはしごを下ろせば階下に降りられる。それを連続すると20階から安全に地上に立つことができる。この防災システムでの階上からの介入を嫌い、雨宮は最上階に住んでいる。

シルバーの戸を上げたとき、玄関から声があがった。

湊は走った。雨宮がスニーカーに覆いかぶさるようにして俯《うつぶ》している。チェーンのついたまま、ドアは閉まっている。

急激に湊の目が痛くなった。

毒ガス——。

湊は雨宮を抱いてベランダに出た。まず救急への連絡だ。

「だいじょうぶですか!」

雨宮はスニーカーを履きに玄関へ行った。そのときに書類を取るためにドアを一瞬開けたのだろう。瞬間、毒ガスが注入された。スニーカーを取りに行かせたことが仇《あだ》となってしまった。

それでも雨宮は気配を察してすぐにドアを閉めた。まだツキがある。

湊は人工呼吸を繰り返した。雨宮の赤い唇に触れるのはもちろん初めてのことだ。心を込め、自分の息を雨宮の身体に注いだ。

脈はしっかりしている。だいじょうぶ、だいじょうぶ。

「湊君……」

大臣が声を出した。湊は雨宮の上体を起こして四《よ》つん這《ば》いにさせた。これで呼吸が楽になる。

救急が到着するまで5分。自分に与えられた時間だ。

湊の腹は憤怒《ふんぬ》に燃えていた。

賊は去っていない。雨宮と湊を葬るミッションならば、止《とど》めを刺しにくる。

リビングの壁に赤いスティック。湊はそれを手に取った。

ドアを開けると、外から勢いよく引っ張られた。やはりいた。湊はスティックアタックをかました。男の首を直撃した。

うめき声とともに湊にも打撃が来た。構わずに外に出ると、もう一人が中に入った。その背中を蹴《け》り上げ、脳天にスティックを叩きこんだ。男が振り向きざまに向かってくる。その鼻に思い切り頭突きをかますと伸びてしまった。

ドアの外で闘いたい。

男たちはそろって黒の上下、黒帽子。一言も発しない。毒ガス部隊は去ったようだ。止めを刺す強行班が四人。雨宮と湊を消すのには、それで十分と見たのだろう。

オレも見くびられたもんだ！

湊の腰には拳銃《けんじゅう》がある。だがそんなものは要らない。こんな奴らに負ける気がしない。生け捕りにしてやる。

男たちが揃ってナイフを出した。

「日本語、分かるか？」

湊はスティックを構えながら言った。イエスもノーもない。

「お前ら、運がいい。もうすぐ救急がくる。命までは落とさない」

「黙れ！」

男が言った。日本語は通じる。

「いや、救急車は大臣の一人乗りだ。残念だったな」

湊はそう言うや、スティックを振った。男の頸動脈《けいどうみゃく》。一発アウトの急所だ。

これで三人片づけた。

「お前を残した。全部喋《しゃべ》れ」

「お前こそ喋り過ぎだ。死んでもらう」

「武器はナイフか？　正気か？　今なら命だけは勘弁してやる」

すると――。

いきなり飛んできた。

ナイフ！

湊は避《よ》けず、つま先立ちして首で受けた。

首に衝撃！

ネクタイの結び目だ。

レジメンタルタイに突き刺さった。

その音を間近で聞いた。

こいつを額で受けていたら――。

結び目からナイフを抜き、床に放った。

男が背を向けている。湊はスティックを振り、先端部分を首に引っかけた。「ぎゃあ」と唸《うな》って尻《しり》もちをつく。首吊《くびつ》りだ。湊はそのままスティックを引いた。男が呻《うめ》く。

「誰に頼まれた」

スティックに力を入れるだけで首が締まる。

「言え！」

「知らない！」

「依頼人は誰だ」

男は右手を弱々しく振った。

輩《やから》が口を割らないことは分かっている。それに依頼人との関わりのみで、黒幕にたどり着けないことも。だが人間の口なんて、死をちらつかされるといくらでも軽くなる。吐きだせることを吐きださせる。

「なにをどうしろと依頼された。それを言え」

手ごたえがなくなり、湊は男の首からスティックを緩めた。

湊が玄関のほうに振り返った瞬間。

顔に痛打！

誰かが蘇生《そせい》したか――。

湊はスティックを振った。空振り。追撃がきた。なにで殴られたのかも分からない。

くたばるわけにはいかない！

ベランダには雨宮佐知子がいる。

スティックを手放し、湊は突進した。男の腹に頭突き。だが腹に呑《の》み込まれ、背中を強打された。それでも湊は男の腹を押した。さらに強打。背骨が折れるほどの衝撃だ。湊の脚から力が抜けた。

くたばるわけにはいかない！

背中に三の矢が来る。これを食らうと危ない。

頭上で男が呻いた。

湊の背中に先とは違う力が圧《お》しかかる。

男が覆いかぶさってきた。

それを左へいなし、膝《ひざ》を立てて天井を見上げた。

恐ろしい形相の大男が仁王立ちしている。

勝又俊太郎。

湊を見下ろす強面《こわもて》が引きつっている。

「湊さん、だいじょうぶですか」

勝又の右手にはウイスキーのボトル。

これで男の後頭部を殴打したのだ。

「助かった。危なかった」

「戻ってきてよかった。ドキドキでした」

勝又はボトルを床に落とした。ひびが入ったのか、ボトルは割れ、酒の匂いが漂い始めた。見覚えのあるボトル。雨宮とっておきのアイリッシュウイスキーだ。

湊は伸びている四人のそれぞれの手首を後ろ手にしてレンジャーロープで縛った。同じ伝で足もきつく縛った。

そしてベランダに出て雨宮の様子を見た。だいじょうぶ。

救急車のサイレンが聞こえてくる。

「ほんとうに助かった。ありがとう」

湊は大きな身体に向き合い、頭を下げた。

「自分も、頭を殴られました」

「なんだって？」

「でも気絶したフリをしてやり過ごして、110番通報しました。それから騒ぎが始まった」

「頭、だいじょうぶか」

「だいじょうぶです。私たぶん、霞が関一の石頭です。慣れてるんですよ。デカいせいで、桟にしょっちゅうぶつけてますから」

エレベータの扉が開き、救急隊員と捜査員が大挙してきた。救急隊をベランダに誘導する。

雨宮の脈拍はしっかりとしていたものの、もちろん搬送された。賊も連行された。殴られた勝又は病院行を拒み、パトカーに乗った。事情聴取の協力である。

わずかながら毒ガスを吸い込んだせいか湊の頭は重かった。湊はネクタイを取りはらい、ベランダに出て大の字になった。夜の空気がやけに甘い。

今夜、自分を護《まも》ってくれたのは勝又俊太郎。勝又が石頭で助かった。

そして――レインボウカラーのネクタイ。

大臣秘書と固い結び目が自分を救った。

SPが助けられてどうする。湊は天を仰いだ。

疲弊していたが、全身を覆った悪寒はすっかり消えていた。きれいさっぱり。その気配は一滴も残っていない。

そのせいか、どうでもいいことが頭をよぎる。

アイリッシュウイスキーの濃厚な香りがここまで漂ってくる。雨宮が御守りとして大事にしているウイスキーを駄目にしてしまった。

そして引き裂かれたレジメンタルタイ、新調すべきかどうか。引き続きSPを続けられるとは限らないのだが——。

だがやはり、このレジメンタルタイは自分の守護神なのだ。

新調するならば幅の広いアメリカ製か。きっと——雨宮がプレゼントしてくれるだろう。

そんなことを思いながら湊の意識が落ちた。

31

湊は警視庁に戻った。

行き先は警護課ではなく捜査課。

事情聴取だ。担当は相沢丈夫。

湊は今夜のすべてを端的に話した。相沢も同じ問いを繰り返すこともなく、聴取自体は20分で終わった。賊は逮捕されている。勝又の聴取結果とすり合わせ、今夜の事件の全貌《ぜんぼう》を確定するはずだ。だが……依頼人までたどり着くことはないだろう。

「お前も災難続きだな」

相沢が言った。

熱い茶がまるい汲《くみ》出《だ》し茶碗《ぢゃわん》で出てきた。これが事情聴取の終わりの合図である。取り調べ室で茶を出すときには紙コップだと聞いたことがある。しかも冷めた茶。それを被疑者が担当官に投げつける危険性もあるからだ。

「これも聴取か。それとも雑談か」

「嫌味を言うなよ。しかしあれだけドタバタやって、傷ひとつないんだから、やっぱりお前は大したもんだ」

「石頭とネクタイのおかげだ」

「なんだ、そりゃ」

相沢の問いを、湊は鼻で笑って無視した。

「銃を使わなかったのもありがたかった。入院でもされると面倒だ。賊の扱いも模範的だ。レンジャーロープ、よく常備してたな」

湊はうなずいた。竹橋で美彩を救ったときにも役立ったが、今夜は持参したわけではない。以前に雨宮を送り届けたときに湊が置いていった。滅多に使うものでもないが、あって邪魔になるものでもない。なぜこんなものを、と雨宮に聞かれたとき、『賊に囲まれたとき、私が部屋にいれば、これを使って大臣を抱えて地上に降りることができます」と出まかせを言った。そんな訓練は受けていなかったが、実はレンジャーロープはSOSのサインとしては有効なのである。ベランダからロープをたらすだけでいい。それが高層であるほど異様な風景となり、人々の目に留まり必ず通報される。

「なぜ常備を大臣に勧めたのか、分かるか？」

湊が初めて問いを放った。

「こういうときのため、だろ」

相沢が湊の額のあたりを指さして言う。

「ダイイングメッセージだよ」

「なんでロープが？」

「首吊《くび》り自殺の偽装で殺されたようなとき。そういう手口は案外多いらしいんだが。当然、賊はロープを用意する。でも部屋にはレンジャーロープがある。自殺なら不自然だ。米が炊いてあるのにご飯を買うようなものだ」

「プロなら、部屋を点検してロープ持ち去るだろう。それ、半分冗談だよな」

「全部冗談だ」

湊は茶を飲みほした。取り調べ室での会話はここまで。

「賊の結果が出るまで時間がある。コーヒー、飲もうぜ」

湊は相沢の誘いに乗って庁内の喫茶スペースへ行った。中学高校の教室ほどの殺風景なエリア。その片隅で自販機のコーヒーを飲む。

「黒幕、水田会長だよな」

周囲には誰もいなかったが、相沢が声をひそめた。

「勝又の訪問。あれは水田の差し金だろう。その直後に賊が入った。勝又は悪意のない露払いと見るのが自然だ。お前の供述どおり、勝又は門前払いを食って命拾いしたんだ。もしあの大男が部屋にいたら三人とも危なかった」

「そうかもしれん。オレは大臣を護る。勝又みたいな大男は邪魔になるだけかもしれないな」

「水田は総理と一心同体だと言われているが、どこかで袂《たもと》を分かったはずだ。思い当たること、あるか？」

「事情聴取じゃないか」

「もうちょっと付き合え。……依然として一蓮托生《いちれんたくしょう》の関係なら、辻褄《つじつま》が合わん」

「じゃあ、違うんじゃないか。大臣はアメリカに寝返って総理になったんだから、中国の報復だろ。なんだ。シロウトのオレに推理しろって言うのか」

「そういうわけじゃ……大臣といつも一緒にいるお前だからさ」

相沢が口ごもった。

「オレに分かるわけがない。でも参考になるかもしれない。虹丘美彩の動画を見るといい。米中関係のことで、ヒントになるかもしれないぞ」

「そういうの、オレは見たことないんだけどな」

「相沢は競馬は？　イッタイイッタって知ってるか」

相沢は目をつぶって首を横に振った。

「この事件のキーワードかもしれない。とりあえず、見てみろよ。虹丘さん、とびきりの別嬪《べっぴん》だぞ」

相沢が鼻で笑った。

32

雨宮総理大臣は入院し、さまざまな検査を受けて2日で退院した。ガスを吸いこんだ影響はないとのことだった。環境大臣時代の幕張での狙撃《そげき》事件のときとは復帰のスピードが違う。

湊が雨宮佐知子に人工呼吸を施してから3日目の朝。バイクを飛ばして横浜へ向かった。首には赤いネクタイ。新品を手配する暇はなかった。傷だらけのレインボウタイは鞄《かばん》の中にある。

水田昭太郎は中華街のオフィスにいた。

「来ると思っていました。しかしさすがに早い。昼食にも早すぎます」

水田が笑う。

「総理が無事に復帰したこと、当然お耳に入っていますね」

「たいていのことは知っています」

「雨宮さん、緊急搬送されましたが、無事でした」

「ほんとうに良かったです」

オフィスに女性が入ってきた。中国茶がテーブルに置かれる。茶が出てくるのは初めてのことだった。

「この時間にジャスミン茶を飲むのです。重い頭もすっきりしますよ」

水田はそう言って小椀《こわん》を口にした。湊は茶には手を付けずに背筋を伸ばした。

「横浜に来た甲斐《かい》がありました。水田会長のご様子を見ることができた。盟友が緊急搬送されたというのに、落ちつきはらっています」

水田昭太郎は立ち上がってデスクに戻り、内線電話に手を伸ばした。「プアールにしてください」と言う。お茶の追加である。水田が応接テーブルに戻る。湊は茶に口を付けていない。

水田会長のほかに黒ずくめの服装で短髪の巨漢が一人、デスクの脇に直立している。

まさに雲を衝《つ》くような大男だ。勝又俊太郎以上の体軀《たいく》を、湊は近くに見たことがなかった。

「私設SPを置くことにしました」

湊の目線を察したのか、水田が言った。

「湊さんに護《まも》ってもらって、重要性が分かったのです。彼はこの身体で、中国拳法《けんぽう》の達人。大陸にはケタはずれの人間がいますね。そこへいくと島国の日本は、なににつけ均一化してしまうようです。彼一人で、日本人五人くらいの働きをしてくれます」

水田が鷹揚《おうよう》に笑う。大男は内股《うちまた》気味で膝《ひざ》を付けている。隙のない立ち姿だ。

湊は訪問の用件を話した。これまでの職務は国務大臣の警護。これが総理大臣となるとSPの管轄も規模も変わってくる。雨宮は湊を手放したくないと言ってくれているが、その意向が叶《かな》うとは限らない。その報告を、と湊は水田に告げた。

「それはわざわざ。しかし湊さんは総理の警護を担うでしょう。彼女の命を何度も救っているのだから」

「実は、その点も問題視されているようでして。湊一馬こそが疫病神だと。私がいなければ、雨宮大臣は狙われなかったと」

「それはあんまりですね。理屈と膏薬《こうやく》はどこへでも付きます。そもそも大臣は狙われるもので、その窮地を湊さんが救ったのではないですか」

湊はソファーから腰を上げて最敬礼した。

「そこで、なのです」

湊が背筋を伸ばす。

「雨宮邸襲撃事件。あのことについて、水田会長に伺いたいのです」

「私に、なにを」

「なぜ、あんなことをなさるのか」

水田が眉《まゆ》をあげる。しかし視線を湊の目から逸《そ》らさない。

「あれを私が。なぜそう思うのですか」

「どう考えても分かりません。ですから失礼を承知で聞いています。雨宮佐知子が総理大臣になり、万々歳ではないですか。一連の事件の黒幕である水田会長としても。それなのに、なぜ、あんなことをしたのか」

「それは湊君の考え、勘ですか」

湊はうなずいた。

「すべての事件の当事者としての、命がけの勘です」

なるほど、と水田はうなずいた。

「水田会長は親中として広く知られています。しかしアメリカのコントロール下でのこと、ということなのではないですか。そう考えると、すべてに辻褄が合うのです」

「面白い。どうぞ、続けてください」

「御社、タレスの事業はほんとうに素晴らしいものです。特に水事業です。あの技術があれば、アフリカ大陸の国々は飛躍的な発展を遂げることができます。ところが、それを中国主導でやられることに、アメリカは我慢ならない。アフリカ各国の鉱山資源などの利権を吸い取っているのはアメリカです。だからさらに、水事業でアフリカとの関係を強固にしたい。中国には出しゃばってほしくないのでしょう」

「その理屈は良く分かります」

「中国がアメリカを追い抜くとすれば、水事業によってアフリカの利権を奪うことです。アメリカはそれをなんとしても阻止したかった」

「しかし、私はアメリカの誘いには乗らなかった」

「そのとおりです。乗る必要がなかった。水田会長は、初めから親米だった」

「それは違いますね」

「中国にとって重要なパートナーである水田会長に、中国をコントロールさせていた」

「湊君の仮説、面白いものです。では私も仮説を話すことにします。私は中国が好きなのです。中国人の考え方です。我が国の総理大臣には、それにふさわしい人間になってもらわなくては困る。能力や実績は当然ですが、中国人は『運』を見ます。その人物が運を持っているかどうか。

国の長に運がないと、国民総倒れになってしまう。雨宮さんは強運の持ち主です。だから日本初の女性総理大臣になれた。しかしそこがゴールではありません。ここから、日本のため、世界のために全身全霊で頑張ってもらわなくてはいけない。そこで——これは仮説ですよ。暴漢に襲われるくらいで命を落とすようでは、真の強運の持ち主とは言えない」

湊は絶句した。つい視線を上げると、警護の大男と目が合った。男は細く冷たい目で湊を見下している。

「……結果として、雨宮総理は強運を持っていたと」

「湊君の大活躍のおかげでね。君を重用し続けるところこそ彼女の強運です。おそらく君以外のSPならば生きてはいないでしょう」

「運試しのために、私たちは襲われたのですか」

「あくまで仮説と言いました」

「その運試し、雨宮総理は合格した」

「事実は分かりませんが、軽傷で済んでいます。彼女には強運がある」

湊は息を呑《の》みこんだ。

今、水田会長は中国人を引き合いに出した。しかし水田の後ろ盾はアメリカなのだ。日本の総理大臣を完全なコントロール下に置き、中国に甘い汁を吸わせつつも、決して世界の覇権を取らせない。放っておくと何をしでかすか分からない不気味な共産国。これをアメリカは怖れている。タレスを使いこなし、中国を手なずけることこそがアメリカの対中戦略なのである。

「運試しですか。命を懸けて護った身としては、辛《つら》い言葉です」

「念を押しますが、あくまで仮説ですよ。ここだけの話です。この点、湊君が警察の捜査員ではないということもあります。一時は私を護ってくれたパートナーだ。もし君が捜査員なら、こんな仮説すら話すことはできません。荒唐無稽《こうとうむけい》な仮説の積み重ねですが、雨宮総理を慮《おもんぱか》る君の気持ちは分かる。しかし彼女は我が国の最高権力者の座を射止めた。私などには、なにも手出しができない」

そんなことはない。総理大臣は御輿《みこし》に乗る。それを担ぐ人間もまた別にいる。どちらが真の権力者か、ということである。

「勝手なことを申しました。水田会長、どうか雨宮総理を、これまでどおり、温かく見守ってあげてください」

湊は立ち上がって腰を折った。

そのときだった。

部屋のドアが開いた。ノックもない。大男が素早い動きでドアにすり寄った。

湊が振り返れば——相沢丈夫が立っている。その後ろに背広姿の男が四人。

「突然にすみません。警視庁捜査一課です。水田昭太郎さんに逮捕状が出ています。桜田門まで、御同行願います」

相沢が水田に歩み寄り、逮捕状を目の前に提示した。水田はそれを手に取り、デスクに戻って眼鏡をかけて読んだ。

「逮捕状とは。幕張の事件のことですか。なにかの間違いでしょう」

「偶然、被害者の一人がそこに居ますね。詳しいことは本庁で伺います」

捜査員が水田に歩み寄る。用心棒の大男は手出しをできずに立ちすくむばかりだ。

「ちょっと待て」

湊が声をあげた。

「大事な話をしてる。土足で踏み込むような真似をするな」

「札《ふだ》が取れた。凶悪犯罪の捜査に土足もヘチマもない。おい、いくぞ」

相沢は言った。四人の捜査員が水田会長を取り囲む。大男がそこへ割って入ろうとすると、水田は右手で制した。

「湊君、なにかの間違いでしょう。すぐにお話の続きができると思います」

水田が言う。

「君もいろいろな仮説を話してくれましたが、日本の警察や検察というのは、荒唐無稽の仮説が好きなようです。しかしまあ、アメリカはそういう仮説は好まないでしょうね」

部屋から水田会長が消えた。大男も後を追う。

相沢一人が残った。

「札ってなんだ」

「いいだろう。下まで、その間だけ、オレは独り言を話す」

相沢は厳しい目をしてうなずいた。

「幕張の事件、狙撃《そげき》の依頼人は水田だった。共犯は秘書官の川村孝一。だから銃の持ち込みが叶《かな》った。自作自演だよ。当の雨宮は何も知らない。秘書が勝手にやったってやつだ。芦ノ湖の件で地に落ちた大臣の信頼回復のために、起死回生の大芝居を打った」

湊の腹が燃えるように熱くなった。憤怒《ふんぬ》の炎である。

「よく札が取れたな」

「秘書が全部話した。大臣を思っての茶番とはいえ、顔に傷を負わせちまったんだ。大臣の顔を見るたびに後悔で死にたくなると話してる。震えてまともに話せない。目が普通じゃない。危なかったぜ。下手したらスーだった」

相沢が右手の親指で自分の首を掻《か》っ切る仕草をする。スーとは自殺の隠語である。

「実行犯は」

相沢は目をつぶって首を横に振った。

「水田は完全否認するぞ。その秘書の妄想だと」

「だが札は出た」

二人は階段を降り切った。

「それは……新総理の意向か」

「さあな」

ひょっとすると、雨宮佐知子は水田から幕張での筋書きを聞いていたのかもしれない。目的は人気のV字回復。見事にそれが叶ったわけだが……。

新総理のカウンターパンチ。

雨宮邸襲撃の報復ではないか。

雨宮佐知子ならば、そのくらいはやる。

「これを端緒に、事件の全貌《ぜんぼう》が明らかになるのか」

「もちろんだ。……もう時間だ」

「もうひとつだけ。オレの仮説を聞け。すべて水田の仕業だ。芦ノ湖での狙撃は、初めから彼女が的だった。ランナーのシューズを狙ったなんてフェイクもいいところだ。それで駅伝は中止。彼女を地に落とすためだ。次の幕張は一転、彼女を上げる狂言。下げて上げる。もともとの知名度に加えて、人気は盤石になる。これで彼女は日本初の女性総理大臣になった」

「総理に担ぐための狂言だったと」

湊はうなずいた。

「マンション襲撃は」

「あれは総理誕生後の話だ。最高権力者になれば、敵も増えるだろう」

襲撃の件も水田が黒幕だと湊は確信している。雨宮の運がどのくらい強いのか。その最終試験だった――。だが、そこはぼかした。

「あとは、美竹大の小倉監督の件」

「マラソンランナーの急性心不全は珍しいことじゃない」

「水田絡みかもしれないぞ」

「事件性なし、捜査もなし。……ちくしょう、大サービスだ。ひとつだけ教えてやる。芦ノ湖の雨宮大臣の観戦、小倉さんは拒否したらしい」

「大臣の申し出を?」

「あそこに彼女が立つのはどう考えても不自然だ。結局、大臣の圧力に負けたわけだが、小倉さん、かなり抵抗したらしい。気骨があったんだな」

清水翔にまつわる藤崎貴恵からの情報。そこに今の相沢からの話をブレンドすれば辻褄《つじつま》が合う。

清水翔の不正行為は水田昭太郎をもってしても看過されなかった。そこを現役大臣のゴリ押しで雨宮佐知子がもみ消した。その見返りにゴールの場に訪れることを要求。それを小倉監督は拒否した。その折衝に水田昭太郎が再登場し、雨宮佐知子は芦ノ湖のゴールに立った。

それがすべての始まりだった。

「じゃあ、いくぞ。だいじょうぶ、あとはこっちにまかせろ」

相沢は右手を上げて踵《きびす》を返し、ボックスカーに乗り込んだ。車が出る。秘書の大男が棒立ちになって車を見送っている。

33

水田昭太郎は起訴され、拘置所に勾留《こうりゅう》された。水田会長は容疑を否認している。

10月、台風が去ったあとの季節外れの猛暑の日だった。

雨宮佐知子総理大臣が歴史に名を刻むような政策を打ち出したのだった。

新総理就任時にはご祝儀相場の様相を呈して支持率が上がるものだが、雨宮総理の場合は弩《ど》級の人気が長く続いた。雨宮佐知子ならば何かをやってくれる。身体を張って国民のために汗をかいてくれる。女性の味方であり、男性よりもタフ。不死身。今までの政治家とはまったく違う期待感が膨らみに膨らんだ。

そして、その期待に違《たが》わず、政治的断行に踏み切った。

防衛費予算7兆円。そして消費税20パーセント！

野党が足並みを揃えて猛反対するこの改革。それができるのは雨宮佐知子以外にはいなかった。それほどまでに国民からの人気が高かった。期待感が膨らんでいるうちの断行であり、「どさくさ人気の大悪政」と呼ばれたのである。

やり口は強引ではあるものの、国民への語りかけは丁寧だった。

雨宮は水田昭太郎の持論を繰り返した。

「昭和のような、国民みなが幸せになるような改革をいたします。私に任せてくださ い。そのためのお願いです。防衛費7兆円は確かに破格ですし、消費税20パーセントも極めて厳しいことでしょう。しかし痛み無くして改革なしです。十分な論拠があります。私が環境大臣時代より推し進めていた水事業が充実期に入っています。間もなく日本国中の水道料金をゼロにいたします。さらにそれを追ってエネルギー事業も花開く時です。電気・ガスを無料にする努力を進めます。これによって消費税増税によるご家庭の負担は行って来いです。国民のみなさま、今一度家計をご確認ください。電気・水道・ガスが無料になれば、一年でどのくらいの節約になりますか？　おそらく想像を上回る額だと思いますよ」

こんな調子で、熱弁を振るう。原稿などは一切見ない。答弁に出てくる数字関係もすべて頭に入っている。歴代総理を見渡しても類を見ない説得力。女性総理らしい物腰の柔らかさも大いなる武器だった。しかもここぞというときに見得を切る。

「私は二度も死にかけた女です。怖い物などない。私が怖れるのは我が国の衰退です。そのための改革です。まずは強いアメリカに付いて行く。戦後の昭和もそうでした。そして経済では逆転するまでに至った。あのときの気概が、今こそ、我が国には必要なのです！」

そして4月、消費税率20パーセントが施行されたのだった。

湊は大久保にあるいきつけの町中華のテーブルで夕食を摂《と》っていた。5月から捜査一課への異動が決まっていた。それまでは身体を休めろと有給休暇の消化も促された。身体など休める必要はない。週に二度はアイスホッケーリンクに降りて大学生たちの練習に参加した。

ビール大瓶と餃子《ギョーザ》、ニラレバ炒《いた》め。仕上げにラーメンを啜《すす》る。湊のささやかな贅沢《ぜいたく》だった。店主は湊の流儀を知っていて、ラーメンとともに伝票をテーブルに置いた。定価合計2000円。これに消費税が乗ると2400円。餃子一皿分の負担額である。

隣りのテーブルにはスーツを着た30代半ばの男が二人。ビールを飲みながら、やはり話題は消費税である。

「防衛費もそうだけど、普通は実現しないよな。雨宮だからできたんだ」

「圧倒的支持率の悪用だよな」

そのとおりだと湊も思う。

実現不可能と思われていたプロジェクトを、アメリカは諦《あきら》めない。やればできる。実現のためになにが必要なのかを考える。ポジティブなオフェンス思考である。

そのためには、国民の支持を得る圧倒的人気のリーダーが必要だった。

そこで雨宮佐知子に目を付けた。

当初から雨宮の知名度は抜群だった。すでにキャラが立っている。その人気を、まず芦ノ湖で落として、そして幕張で持ち上げる。こういったアップダウンこそが日本人受けするのである。そのうえで圧倒的な支持を得て総理になる。二度目の狙撃《そげき》で顔に着弾した点はまったくの偶然ではあったが、それも結果的に支持率急上昇の主因となった。「雨宮はとびきりの強運を持っている」とアメリカは見定めたのだ。

彼女の言うことならば多くの国民が受け入れる、という目算は図に当たった。アメリカらしいやり方。言ってみれば民主主義である。

湊は雨宮佐知子の形の良い唇を思い出しながら、濡《ぬ》れた伝票を宙でひらひらと泳がせてみた。

34

午前3時。湊一馬はベッドに仰向《あおむ》けになり、天井を見つめていた。

身体を起こして小窓を開ければ、葉桜が見える。5月の甘い匂いが部屋に流れてくる。

週に一度の夜勤。庁では「泊まり」と呼ぶ。これを湊一馬は週二で担っていた。独身者であることと新参者であることがその理由らしいのだが、自らが手を挙げたところもある。いち早くこの部署に慣れたい。戦力になりたい。アイスホッケーやアメリカンフットボールのチームならば主力のレギュラーになりたい。その一心での精勤だった。

湊は警視庁捜査一課に異動になった。

思い悩んだ末に、総理大臣警護を担う警護課第一係への異動を希望したものの、それは叶《かな》わなかった。

時の上司、上原幸一郎は湊をなぐさめた。

「お前さんは職務をまっとうした。だが三度の事件ともにお前さんが現場に寄り添っていた。ＳＰだから当然と言えば当然だが、それを『悪運』ととらえ、煙たがる連中もいるんだよ。オレはお前さんをピカ一のSPだと思ってる。だが一係には上をいくベテランも大勢いる。そういった理由で、今回、お前さんの異動は見送りになった」

悪運――。

そのとおりかもしれない。雨宮佐知子の顔の傷は自分が付けたも同然だ。

湊はそのとき、雨宮邸で飲んだコーヒーの漆黒を思い浮かべていた。あれ以上の濃い黒はないのではないか、という黒。口にすれば甘く苦く、深い味わいだった。

そして第二希望が受理され、捜査一課に配属となったのである。

「泊まり」の仮眠室は簡素極まりない作りで、労働者街の簡易宿泊所となにも変わらない。熟睡するところではなく、任務にそなえて身体を横たえる場だった。

なぜ、自分は雨宮総理の警護に就けなかったのだろう――。いかに悪運の風評があろうとも、総理の引きがあればなんとでもなるはずだ。

この疑問がずっと湊の頭に巣くっていた。

当の雨宮総理は湊を引き入れようと動いたと聞いている。それなのに、なぜ。

上原が諭すように話した理屈。一応は納得の行くものだと思う。だが忌み嫌われ排除されるよりも、自分の能力への評価はそれをはるかに上回るものだろうという自負もある。

違う。

「悪運」などという馬鹿げた理由で弾《はじ》かれたのではない。

アメリカが自分を排除するとすれば——理由はシンプル。迷信じみたことなどではない。災いが雨宮総理に降りかからないため、というのは後から取って付けたものだ。

湊が邪魔なのだ。

あるプロジェクトが、湊のいるせいで進まない。

それは——雨宮佐知子総理暗殺。

大型増税と防衛費増。これが現実となった今、雨宮総理の「操り人形」としての役割は終わった——と黒幕が見切ったとしたなら。

そう思い至ると、湊はもういてもたってもいられない。胸の不安は弾け、腹の底が熱い。しかし頭は冷めていた。

プロジェクトはいつなのか。

雨宮総理が葬られるとすれば、いつなのか。

新総理を消し去る表向きの理由は明確。前代未聞の悪政を許せないテロリストの蛮行。だとするならば混乱が収まらないうちだ。「消費増税暗殺」と呼ばれるタイミングである。

彼女が急逝することで、おそらく人気を不動のものにできる。いかに悪政に加担したとしても、死者を悪く言わない。三度目の正直という言葉をネガティブにとらえれば、それすらも乗り越えたのだ。だが、「不死身の雨宮も、さすがに四度目は……」となるだろう。日本人の行動規範をアメリカは知り尽くしている。

6月中旬にはイベントが予定されている。虹丘美彩と勝又俊太郎の結婚式。湊も出席する。雨宮佐知子は主賓である。

大安吉日。この日だ。湊は腹を据えた。

35

白金台《しろかねだい》の結婚式場。江戸時代から続く日本庭園を誇る日本を代表する式場である。かつてアメリカ合衆国大統領が来日したときにもレセプション会場を担っていた。

この日。大安吉日とはいえ貸し切りである。雨宮総理が主賓なのだ。

式場内部はもとより、周辺の警備も厳重を極めた。庭園の優雅さとは裏腹に周辺道路の警備は物々しいものだった。悪政推進の件で総理官邸に届く罵声《ばせい》は日に日に高まり、脅迫状も後を絶たなかった。そんな状況を受けての厳重警戒である。

この日の湊は非番。礼服を着て友人席に着座した。美彩の友人テーブル。そのせいか並んだ顔ぶれは女性ばかり。湊の左隣りには藤崎貴恵がいる。

警備課のSPたちも白いネクタイをしている。壁際に立ち並ぶ彼らの鋭い視線。それを湊はこめかみのあたりに常に感じた。

開宴が近づいている。

前方の主賓席に、雨宮佐知子総理大臣の姿はなかった。


ひと月前の深夜。湊は生島耕太とともに首相官邸を訪れた。雨宮総理の傍らには若き秘書官・勝又俊太郎、そして政策秘書の美彩が立っていた。

応接テーブルには黒々としたコーヒーが置かれた。

「湊一馬、たってのお願いに上がりました」

湊は自説を開示した。勝又と美彩の披露宴が危ないと。アメリカ黒幕云々《うんぬん》という点は伏せ、テロリストが狙うのならばこのときしかないと説いたのだった。

半時間ほど話した末、雨宮総理は披露宴の欠席を承諾したのである。

ただし当日まで秘密裡《ひみつり》に。それを知るのはこの場にいる四人だけ。

「SPさえも欺く、ドタキャンプロジェクトってことね」

総理は微笑んだ。

「湊君の勘を信じます。二人にとって最良の日を揺るがすことはできません。さて、その日はそれでいいとして、抜本的な解決策はないかしら」

湊はうなずき、美彩に目線を投げた。美彩がうなずく。

「総理が表明されたエネルギー政策。これをいち早く進め、国民の信を得ることです。雨宮総理は増税したけれども水・電気・ガスをタダにした。この功績で突き進むべきでしょう。確かに厳しい増税ですが、厳しさにも慣れるものです。日本人のメンタルは特にそうです」

「水田会長、早く出てきてくれないかしらね」

「それまでに、できうる限りの十全な準備を」

そんな会合を持ったのだった。


会場が暗くなった。女性司会者の清らかな声で披露宴が開幕した。

雨宮総理はビデオレターで出演する。そのことも会場には直前まで伏せてあった。

新郎新婦が入場する。新郎の存在感は圧倒的だが、新婦の美しさも際立っている。

素晴らしい新郎新婦の姿だと湊は思う。

主役二人が着席したところで照明が明るくなった。

湊は目を疑った。

主賓席には着物姿の雨宮佐知子が。

錦鯉《にしきごい》のような鮮やかな赤の着物。

着付けが遅れてぎりぎりに到着した。そんな様相だった。

なぜだ。なぜ、雨宮総理は約束を反故《ほご》にする。

湊は背筋を伸ばし、雨宮佐知子の美しい襟足を凝視した。

新郎新婦に目をやれば、ただただ笑顔を浮かべている。

湊は小さく首を横に振った。それでも胸騒ぎはしない。湊の胸元には純白のネクタイ。それが一瞬レインボウカラーに見えたものの、すぐにすべての色が消えた。

総理は身の安全を確信した。だから出席した。そうに違いなかった。

雨宮佐知子が挨拶《あいさつ》に立った。涼やかな声で二人を祝福する。そして乾杯を経て座が弛《ゆる》むときとなった。湊は雨宮の所作を見続けた。雨宮はグラスや料理には一切口を付けていない。そしてさりげなく席を立ち、そのまま戻ることはなかった。

あの夜。雨宮は「ドタキャンプロジェクト」と言った。

これこそ、湊にとってドタキャン状態だ。

湊は水を一口飲み、考えを巡らせた。

雨宮の気が急に変わったのか。いくらなんでもそれはない。

ハナから湊の勘を当てにしていなかったというのは……。陳情を聞くだけ聞いて動かない。政治家の常套《じょうとう》手段ではあるものの、雨宮に限ってはこれも考えにくい。

では、あの夜は承知したものの、その後の状況が変わった場合。その際、湊への報告を怠った。これはありそうだが……。

それにしても、少なくとも美彩からの連絡は入るはずである。

こんなときに、なぜだか相沢丈夫の厳《いか》つい顔が浮かんでくる。

「フェイクのフェイクだ！」

相沢は言った。フェイクのフェイクは味方を騙《だま》すためのプレーだと。

さすがに新郎新婦には披露宴出席を告げていた。フェイクのフェイクで、雨宮は湊を騙したのだ。

だが、自分にそれを仕掛けて何になる。万が一の秘密漏洩《ろうえい》を考えたのだろうか。

湊はテーブルのワイングラスを見つめた。赤ワイン。スカーレットに近い色。あの日の――事件の発端となった1月2日の芦ノ湖。雨宮佐知子は同じ色合いのコートを着ていた。足元のハイヒールも同じ色だった。

自分のほかにもう一人、仕掛ける相手がいる。

湊はゴブレットの水を飲み干した。

36

チーム雨宮が集結している。

午後2時、雨宮総理大臣の執務室。

勝又俊太郎。虹丘美彩。生島耕太。藤崎貴恵。そして湊一馬。

藤崎貴恵は雨宮佐知子を主人公としたノンフィクション本を出版した。本日発売。昨年9月の総理就任にはとても間に合わなかったが、天下の悪政と言われる「雨宮改革」に筆を割くことができた。初版は5万部。藤崎貴恵によれば、本の売れない昨今では破格の扱いなのだという。表紙写真は当代一流の写真家が撮った。雨宮総理も取材に協力し、その内容の濃さを貴恵は自画自賛した。湊は未読だが、「湊君も登場するから。感想を聞かせてね」などと言う。

勝又夫妻は雨宮総理に付いている。秘書官と政策秘書。ブレーンである。

雨宮は応接ソファーに着席を勧めたが、言葉どおりに座ったのは生島だけだった。

「そりゃそうか。じゃあ総理、命令してください。総理命令ならば、秘書も元SPもライターも座るでしょう」

生島が言った。「じゃあ、そういうことで」と雨宮総理が受け、みなが恐る恐る着席した。長テーブルの短辺に雨宮総理、その左側の長辺が上座となり、雨宮に近い順に貴恵、湊、生島が座る。総理の右側の長辺には美彩、勝又。湊の正面に勝又のブルドッグ面がある。

湊の首元にはレインボウカラーのタイ。期待したとおりの雨宮総理のプレゼントだ。湊はその返礼としてウイスキーを贈った。勝又が振り上げて湊の命を護《まも》ってくれたアイリッシュウイスキー。同じものを湊が買い直した。いわば弁償である。それが執務室の棚に鎮座している。ネットで購入したのだが、その高価さに湊はのけ反った。さすがは水田昭太郎。湊にとっても自分の命を救ってくれたウイスキーである。

勝又がボトルで賊の頭を殴ったことは、湊と勝又だけの秘密だった。賊との乱闘の最中に床に落ちて割れてしまったと雨宮には告げた。買い直したことを知るのはあの現場にいた三人のみ。絶対に口外しないよう、湊は総理と勝又に釘《くぎ》を刺した。とっておきの贈り物である。水田昭太郎の耳に入ってはまずいのだ。

全員が着席している懇談ではあるものの、司会進行は美彩が担った。美彩は虹丘を名乗っている。本名は勝又美彩だ。

「本日は、みなさまご多忙の中、お集まりいただき誠にありがとうございます。御承知のとおり、総理を取材した藤崎貴恵さんの御本が本日発売の運びとなりました。そのお披露目です。このノンフィクションには、少なからずみなさまが御登場いたします。いたします、とは言いましても、私も未読なのです。なにしろ本日発売ですから。じっくりと、熟読玩味《がんみ》させていただきます」

朗らかな笑い声が起こった。

「私の動画チャンネルにも著者にご出演いただき、宣伝していただく予定です。ベストセラーになりますよ」

貴恵が頭を下げる。

「動画に総理が出たら、１００万部くらいすぐに行くんじゃない？」

生島がそう言うと、笑い声が大きくなった。

「さて、そういう事情ですので、みなさま1部ずつお持ちください。著者と総理がサインを致しております」

藤崎貴恵が立ち上がり、単行本をみなに配った。日本初の女性総理が表紙で微笑む。良い笑顔である。顔に傷の痕《あと》はない。白いブラウスの襟が映り、唇だけが赤い。品の良い赤。スカーレットカラー。同じ色を背表紙と裏表紙に配してある。雨宮総理のお気に入りの色彩だ。

「そして、国政については、まだまだ大変なこともございますが、総理はすでに多数の功績を挙げられています。今日は、その中締めも兼ねての懇談です」

美彩がそう言うと勝又が立ち上がった。真正面から勝又を見上げると、やはり桁外《けたはず》れに大きい。改めてなるほどと湊は思う。普通の人間が勝又から頭を殴られたら脳天直撃だ。あの賊の頭、だいじょうぶなのかと思ってしまう。

勝又は黒い棚からウイスキーボトルを取り出し、抱きかかえるように運んで雨宮総理の前に静かに置いた。

「このウイスキー、とっておきのものなの」

雨宮総理が切り出した。

「総理就任のお祝い。でもすぐには戴《いただ》きませんでした。大きな仕事が成就したときのためにと。それまで、この部屋でずっと私を見守ってくれたお酒。それを今日は、みなさんと愉《たの》しみたいと思います」

「真っ昼間ですよ。夜にやりましょうよ。秘書たちも仕事があるんだしさ」

生島がそう言って笑った。

「それ、すごく高いんだ。美味《うま》い料理の後、ストレートで味わいたいウイスキーだよ」

「だいじょうぶ。アイリッシュコーヒーだから。ほんの数滴。香る程度ね。全然酔わないわ。むしろ体が温まってシャキッとします」

ノックの後にドアがあき、コーヒーの香りが入ってきた。計ったようにコーヒー到着。盆にはコーヒーポットとカップが六つ、ホイップした生クリームの皿がある。盆が雨宮の前に置かれた。

「お砂糖好きの人、生クリームで我慢してね。砂糖抜きでも、濃厚で美味《おい》しいから」

雨宮がウイスキーの封を切る。美彩が六つのカップにコーヒーを注ぐ。その上から雨宮がスプーンでウイスキーを受けて注ぐ。数滴ではなく結構な分量である。そして生クリームを載せて完成。

「よく混ぜて召し上がれ」

雨宮総理はまず藤崎貴恵に、次に湊一馬の前にコーヒーカップとソーサーを置いた。そして美彩は自らソーサーを受け取り、勝又はぐるりと回って生島の前にカップとソーサーを置いた。最後に勝又が自分のコーヒーを手にして着席する。

「ちょっとごめんなさい、手洗いお借りします。どちらでしたっけ」

生島がすっと腰を上げようとした。それを湊が左手で制した。

「生島さん、まあお座りください。さっき一緒にトイレに寄ったばかりじゃないですか」

「いやいや、ちょっと電話を一本」

「コーヒーを召し上がってからでいいじゃないですか。せっかくの香りが飛んでしまいます」

湊が両手をかざすと、生島はうなずいてソファーに腰を戻した。他の四人はカップにスプーンを立てて生クリームを混ぜ込んでいる。「さすがにいい香りですね」などと貴恵が言う。白いカップは美彩と貴恵が口にすると標準サイズに見えるものの、大顔の勝又にはデミタスカップだ。

「どうしました生島さん。召し上がらないんですか」

湊はスプーンをかき混ぜながら言った。

「やっぱり、昼酒はやめとくわ。運転、あるし」

「大酒飲みの生島さんらしくないですね。検査に引っかからない微量ですよ。警官の私が保証します」

「さっきも言ったけど、オレは旨《うま》い酒は夜に飲む主義なんだよ」

「すみません。元大臣付きSPとしては、こういうケースでは毒見ということを考えてしまうんですよ。このウイスキーは水田会長から贈られたものです。それを総理に渡したのは生島さん。筋として、生島さんにまず口を付けていただきたい」

「毒見って、そんな。物騒なことを言うなよ」

「私が毒見をしても良いのですが、今は立場が違います。毒を盛る方を捕まえる部署に居ます。ですからここは生島さんが」

「なんか嫌な雰囲気だな。そうだ湊君。そういう可能性を探るんだったら、君の危険察知の勘はどうなんだ。今、怪しい感じがするのかい？」

「それがその。不思議なことに、SPを辞めると勘ばたらきが消えてしまったようで」

湊は声をださずに笑った。

「なにをグズグズしてるの。早く口を付けて。毒見だなんだって言われたら、飲みにくいじゃない」

雨宮総理がそう言って微笑む。その目線は生島へ。生島が頭を揺らして笑った。

「飲む気が失《う》せたよ。それこそグズグズと言われてね。もう帰ります」

「もしこのウイスキーに毒が入っていて、みなさんになにかあったとしたら。生島さんは真っ先に疑われますよ」

「じゃあ、飲むのをやめようよ。ケチが付いたし」

パンパンと雨宮が手を叩《たた》いた。

「湊君も心配し過ぎですよ。毒見なんて今どき。冷めたら台無し」

そう言って雨宮がカップに口を付けた。同時に勝又が、美彩が、貴恵がコーヒーを飲んだ。勝又などはひと息に飲み干してしまった。

その様子を見るばかりで生島はカップに手を付けない。湊もそれに倣った。

「美味しい！」と貴恵が顔を輝かせる。

「深煎《ふかい》りのコーヒーのコクが、一段と上がる感じですね！」

貴恵の絶賛に勝又と美彩がうなずき合っている。

「すみません。私の勘ぐり過ぎのようでした。失礼しました」

湊は生島に頭を下げた。「いや」と生島は胸をそらせる。

「どうぞ、召し上がってください」

「湊君は飲まないの？」

「はい。万が一、数分後に誰かが倒れたとき、フォローをしなくてはいけません」

生島は黙ってしまった。

生クリームを溶かし込む前のコーヒーのような黒い沈黙。アイリッシュコーヒーを口にする微《かす》かな気配のみが聞こえる。

湊は生島の目線を見逃さなかった。雨宮の口元とコーヒーカップの間を忙《せわ》しなく往復した。次は貴恵。同じような視線移動だった。そして美彩、勝又の順で同じように目線が行き来した。

湊は生島を疑った。

水田昭太郎が表舞台から退き、アメリカとのパイプ役が一時的に途絶えたことは間違いない。その引継ぎ役を生島が担ったとしたら。

事件の発端となった芦ノ湖。凶弾がハイヒールの踵《かかと》を撃ち抜き、湊は雨宮を担いでワンボックスカーへ走った。そのときの雨宮と生島の会話。「やっぱりスニーカーにしとけば良かった」と生島は謝った。ハイヒールを勧めたのは生島だった。踵を撃ち抜かせるために。

雨宮総理、貴恵、勝又、美彩のコーヒーカップの底が顕《あらわ》になった。

コーヒーの残っているカップは二つだけ。

「ウイスキーに毒を盛りましたね」

湊は生島に言った。あちこちに散っていた生島の視線が湊の目を向く。

「口さえつけないのが、なによりの証拠です」

「飲みたくないんだ。それのなにが悪い」

「実は……私以外のみなさんには、あらかじめ解毒の薬を飲んでもらっているのです。だからと言ってまったく安全なわけではありませんが。ごらんのとおり、すっかり召し上がった。勇敢な方々です」

「解毒の薬だって？」

「私だけは、薬を飲んでいません。では、こうしましょう。私もこれを飲みます。もし私が絶命したら、みなさんが証人となってくれるでしょう。総理大臣が証人ですよ。もう逃げ切れません」

湊はそう言ってカップに手をかけた。ソーサーを添えて口元に運ぶ。

「ちょっと待て！」

生島が腰を上げた。

「分かった。カップをそこに置いてくれ。順を追って話す」

上げた腰を勢いよく下ろし、生島はふんぞり返った。

「オレのほうも勘なんだ。水田会長が……。会長から、すぐに飲まずに、大願が叶《かな》ったら飲めと総理に伝えろと。毒入り云々《うんぬん》ってのは、そんなことはなにも聞いてないんだよ」

「水田さんの言葉から、毒入りではないかと思ったんですね」

生島はうなずいた。

「それなのに、なぜ総理には黙っていたんですか」

「そんな勘なんて、話すわけにはいかないじゃないか。それに、ウイスキーのことなんてすっかり忘れてたし」

「それなのに、今、口を付けなかった。ムリがありませんかね」

生島が唇を閉じ、どろりとした目で湊を睨《にら》んだ。

「しかし水田会長も狡猾《こうかつ》だ。ウイスキーに時限爆弾を仕掛けた。それが爆発するとき、自分は勾留《こうりゅう》されている。巧妙な遠隔操作ですよ。総理の目の前では、話しにくいこともあるでしょう。本庁まで同行願います」

「オレはほんとうに何も知らないんだ」

「消費増税が施行された後です。このウイスキーのこと、総理に話しませんでしたか？」

うっと唸《うな》り、生島は黙ってしまった。

「そろそろアレを飲みましょう。そんなことを、話しませんでしたか？」

全員の目が生島を見る。勝又の形相も恐ろしい迫力だが、女性たちの眼差《まなざ》しの激烈さ――。その視線の中で、生島は肩を落としてうなだれた。

「同行願います。本庁、すぐそこですから」

湊はコーヒーカップにスプーンを立てて、ゆっくりとかき回した。音を立ててスプーンをソーサーに置く。生島がゆっくりと顔を上げた。

湊はカップに口を付け、一気に飲み干した。冷めてしまったものの、深いコクが胸に染みた。

生島が口を開けて目を丸くしている。

湊はカップを目の位置に上げ、雨宮を見てひとつうなずいた。

〈参考〉
岡田充「海峡両岸論」（Ｗｅｂサイト）

本作は書き下ろしです。
本書はフィクションであり、登場する
人物・組織などすべて架空のものです。

警《けい》視《し》庁《ちよう》SP《エスピー》特《とく》捜《そう》

嵐山《あらしやま》 駿《しゆん》

令和5年 5月25日　初版発行

発行者●山下直久

発行●株式会社KADOKAWA
〒102-8177　東京都千代田区富士見2-13-3
電話　0570-002-301（ナビダイヤル）

角川文庫 23663

印刷所●株式会社暁印刷
製本所●本間製本株式会社

表紙画●和田三造

ISBN 978-4-04-113767-3　C0193

◇◇◇

角川文庫発刊に際して

角　川　源　義

第二次世界大戦の敗北は、軍事力の敗北であった以上に、私たちの若い文化力の敗退であった。私たちの文化が戦争に対して如何に無力であり、単なるあだ花に過ぎなかったかを、私たちは身を以て体験し痛感した。西洋近代文化の摂取にとって、明治以後八十年の歳月は決して短かすぎたとは言えない。にもかかわらず、近代文化の伝統を確立し、自由な批判と柔軟な良識に富む文化層として自らを形成することに私たちは失敗して来た。そしてこれは、各層への文化の普及滲透を任務とする出版人の責任でもあった。

一九四五年以来、私たちは再び振出しに戻り、第一歩から踏み出すことを余儀なくされた。これは大きな不幸ではあるが、反面、これまでの混沌・未熟・歪曲の中にあった我が国の文化に秩序と確たる基礎を齎らすためには絶好の機会でもある。角川書店は、このような祖国の文化的危機にあたり、微力をも顧みず再建の礎石たるべき抱負と決意とをもって出発したが、ここに創立以来の念願を果すべく角川文庫を発刊する。これまで刊行されたあらゆる全集叢書文庫類の長所と短所とを検討し、古今東西の不朽の典籍を、良心的編集のもとに、廉価に、そして書架にふさわしい美本として、多くのひとびとに提供しようとする。しかし私たちは徒らに百科全書的な知識のジレッタントを作ることを目的とせず、あくまで祖国の文化に秩序と再建への道を示し、この文庫を角川書店の栄ある事業として、今後永久に継続発展せしめ、学芸と教養との殿堂として大成せんことを期したい。多くの読書子の愛情ある忠言と支持とによって、この希望と抱負とを完遂せしめられんことを願う。

一九四九年五月三日

角川文庫ベストセラー

警視庁文書捜査官
麻見和史

警視庁捜査一課文書解読班――文章心理学を学び、文書の内容から筆記者の生まれや性格などを推理する技術が認められて抜擢された鳴海理沙警部補が、右手首が切断された不可解な殺人事件に挑む。

緋色のシグナル
警視庁文書捜査官エピソード・ゼロ
麻見和史

発見された遺体の横には、謎の赤い文字が書かれていた――。「品」「蟲」の文字を解読すべく、所轄の巡査部長・鳴海理沙と捜査一課の国木田が奔走。文書解読班設立前の警視庁を舞台に、理沙の推理が冴える！

永久囚人
警視庁文書捜査官
麻見和史

文字を偏愛する鳴海理沙班長が率いる捜査一課文書解読班。そこへ、ダイイングメッセージの調査依頼が舞い込んできた。ある稀覯本に事件の発端があるとわかり作者を追っていくと、更なる謎が待ち受けていた。

灰の轍
警視庁文書捜査官
麻見和史

遺体の傍に、連続殺人計画のメモが見つかった！　さらに、遺留品の中から、謎の切り貼り文が発見され――。連続殺人を食い止めるため、捜査一課文書解読班を率いる鳴海理沙が、メモと暗号の謎に挑む！

影の斜塔
警視庁文書捜査官
麻見和史

ある殺人事件に関わる男を捜索し所有する文書を入手せよ――。文書解読班の主任、鳴海理沙に、機密命令が下された。手掛かりは1件の目撃情報のみ。班解散の危機と聞き、理沙は全力で事件解明に挑む！

角川文庫ベストセラー

愚者の檻
警視庁文書捜査官
麻見和史

頭を古新聞で包まれ口に金属活字を押し込まれた遺体が発見された。被害者の自宅からは謎の暗号文も見つかり、理沙たち文書解読班は捜査を始める。一方で矢代は岩下管理官に殺人班への異動を持ち掛けられ⁉

銀翼の死角
警視庁文書捜査官
麻見和史

新千歳から羽田へ向かうフライトでハイジャックが発生！　ＳＩＴが交渉を始めるが、犯人はなぜか推理ゲームを仕掛けてくる。理沙たち文書解読班は理不尽なゲームに勝ち、人質を解放することができるのか⁉

茨の墓標
警視庁文書捜査官
麻見和史

都内で土中から見つかった身元不明の男性の刺殺遺体。そのポケットには不気味な四行詩が残されていた。理沙たち文書解読班は男性の身元と詩の示唆する内容を捜査し始めるが、次々と遺体と詩が見つかり……。

軌跡
今野敏

目黒の商店街付近で起きた難解な殺人事件に、大島刑事と湯島刑事、そして心理調査官の島崎が挑む。（「老婆心」より）警察小説からアクション小説まで、文庫未収録作を厳選したオリジナル短編集。

熱波
今野敏

内閣情報調査室の磯貝竜一は、米軍基地の全面撤去を前提にした都市計画が進む沖縄を訪れた。だがある日、磯貝は台湾マフィアに拉致されそうになる。政府と米軍をも巻き込む事態の行く末は？　長篇小説。

角川文庫ベストセラー

角川文庫ベストセラー

逸脱　捜査一課・澤村慶司

堂場瞬一

10年前の連続殺人事件を模倣した、新たな殺人事件。県警を嘲笑うかのような犯人の予想外の一手。県警捜査一課の澤村は、上司と激しく対立し孤立を深める中、単身犯人像に迫っていくが……。

天国の罠

堂場瞬一

ジャーナリストの広瀬隆二は、代議士の今井から娘の香奈の行方を捜してほしいと依頼される。彼女の足跡を追ううちに明らかになる男たちの影と、隠された真実とは。警察小説の旗手が描く、社会派サスペンス！

歪　捜査一課・澤村慶司

堂場瞬一

長浦市で発生した2つの殺人事件。無関係かと思われた事件に意外な接点が見つかる。容疑者の男女は高校の同級生で、事件直後に故郷で密会していたのだ。県警捜査一課の澤村は、雪深き東北へ向かうが……。

執着　捜査一課・澤村慶司

堂場瞬一

県警捜査一課から長浦南署への異動が決まった澤村。その赴任署にストーカー被害を訴えていた竹山理彩が、出身地の新潟で焼死体で発見された。澤村は突き動かされるようにひとり新潟へ向かったが……。

黒い紙

堂場瞬一

大手総合商社に届いた、謎の脅迫状。犯人の要求は現金10億円。巨大企業の命運はたった1枚の紙に委ねられた。警察小説の旗手が放つ、企業謀略ミステリ！

角川文庫ベストセラー

十字の記憶　堂場瞬一

新聞社の支局長として20年ぶりに地元に戻ってきた記者の福良孝嗣は、着任早々、殺人事件を取材することになる。だが、その事件は福良の同級生2人との辛い過去をあぶり出すことになる――。

約束の河　堂場瞬一

幼馴染で作家となった今川が謎の死を遂げた。法律事務所所長の北見貴秋は、薬物による記憶障害に苦しみながら、真相を確かめようとする。一方、刑事の藤代は、親友の息子である北見の動向を探っていた――。

砂の家　堂場瞬一

「お父さんが出所しました」大手企業で働く健人に、弁護士から突然の電話が。20年前、母と妹を刺し殺して逮捕された父。「殺人犯の子」として絶望的な日々を送ってきた健人の前に、現れた父は――。

警視庁SM班Ⅰ　シークレット・ミッション　富樫倫太郎

警視庁捜査一課に新設された強行犯特殊捜査班。そこは優秀だが組織に上手く馴染めない事情を持った刑事6人が集められた部署だった。彼らが最初に挑むのは女子大生の身体の一部が見つかった猟奇事件で――!

警視庁SM班Ⅱ　モンスター　富樫倫太郎

若い女性の人体パーツ販売の犯人は逮捕された。だが事件に関係した女性たちが謎の失踪を遂げ、班長の薬寺までもが消えてしまう。まだあの事件は終わっていないというのか?　個性派チームが再出動する!

角川文庫ベストセラー

警視庁監察室 ネメシスの微笑

中谷航太郎

高井戸署の交番勤務の警察官・新海真人は、妹の麻里を「事故」で喪った。妹の死は、危険ドラッグ飲用による中毒死だったが、その事件で誰も裁かれることはなかった。その時から警察官としての人生が一変する。

警視庁監察室 報復のカルマ

中谷航太郎

新宿署の組織犯罪対策課の刑事・宗谷弘樹が殺害された。そして直後に、宗谷に関する内部告発が本庁の電話にあった。監察係に配属された新海真人は、宗谷関連の情報を調べることになったが——。

警視庁監察室 ヤヌスの二つの顔

中谷航太郎

警視庁監察係の新海真人は、麻薬取締官と科捜研の検査官から報告を受けた。成田空港で新たな違法ドラッグが持ち込まれたという。それは、真人の妹を死なせたドラッグと成分が酷似していた——。

刑事にだけはなりたくない 警務課広報係永瀬舞

中谷航太郎

赤羽署警務課広報係の永瀬舞は、猫を拾って仕事をさぼった翌日、自身の住むマンションの側で、殺人事件が起きていたことを知らされた。舞が昨日被害者に会っていたことから、捜査に参加することに。

脳科学捜査官 真田夏希

鳴神響一

神奈川県警初の心理職特別捜査官・真田夏希は、医師免許を持つ心理分析官。横浜のみなとみらい地区で発生した爆発事件に、編入された夏希は、そこで意外な相棒とコンビを組むことを命じられる——。

角川文庫ベストセラー

魔力の胎動
東野圭吾

彼女には、物理現象を見事に言い当てる、不思議な〝力〟があった。彼女によって、悩める人たちが救われていく……東野圭吾が小説の常識を覆した衝撃のミステリ『ラプラスの魔女』につながる希望の物語。

刑事に向かない女
山邑圭

採用試験を間違い、警察官となった椎名真帆は、交通課勤務の優秀さからまたしても意図せず刑事課に配属されてしまった。殺人事件を担当することになった真帆の、刑事としての第一歩がはじまるが……。

刑事に向かない女
違反捜査
山邑圭

都内のマンションで女性の左耳だけが切り取られた絞殺死体が発見された。荻窪東署の椎名真帆は、この捜査でなぜか大森湾岸署の村田刑事と組まされることになる。村田にはなにか密命でもあるのか……。

刑事に向かない女
黙認捜査
山邑圭

解体中のビルで若い男の首吊り死体が発見された。男は元警察官で、強制わいせつ致傷罪で服役し、出所したばかりだった。自殺かと思われたが、荻窪東署の刑事・椎名真帆は、他殺の匂いを感じていた。

コールド・ファイル
警視庁刑事部資料課・比留間怜子
山邑圭

初めての潜入捜査で失敗し、資料課へ飛ばされた比留間怜子は、捜査の資料を整理するだけの窓際部署で、鬱々とした日々を送っていた。だが、被疑者死亡で終わった事件が、怜子の運命を動かしはじめる！